I0657543

B. LAPORTE

BAYER

AUX

CORNEILLES

POÉSIES

Les rêves doublent la vie.

⸺⸺

PÉRIGUEUX

IMPRIMERIE ALFRED LAVERTUJON FILS

1859

BAYER AUX CORNEILLES

B. LAPORTE

BAYER

AUX

CORNEILLES

—

POÉSIES

—

Les rêves doublent la vie.

——oo—><—oo——

PÉRIGUEUX

IMPRIMERIE ALFRED LAVERTUJON FILS, ROUTE D'ANGOULÊME

—

1859

PRÉFACE

J'éprouve le besoin d'expliquer ici comment ce pauvre enfant de ma muse est venu au monde, afin d'avoir l'occasion de remercier les personnes qui ont pris de l'intérêt à sa naissance.

Si on le lit, on se convaincra facilement que je ne l'avais point destiné à la publicité. — C'était bien assez, certes, d'en avoir déjà publié un en 1856. — Je suis loin d'avoir la sotte prétention de me faire un nom dans les lettres. — Je m'occupe quelquefois de littérature, plutôt comme un délassement que pour en retirer un bénéfice littéraire.

Mais chacun n'agit pas comme il l'entend : il y a, dans la vie, des influences si contraires à nos desseins, qu'il nous arrive souvent de faire l'opposé de ce que nous avions résolu. On se rappelle à ce sujet la mésaventure du pauvre Ésope :

> J'allais aux champs, et je vais à Bicêtre.
> Peut-on savoir où Dieu nous conduira ?

Supposez, en ce qui me concerne, un pauvre diable

n'ayant ni sou ni bourse, comme dit Alfred de Musset, et qui, dans ses moments de loisirs, s'amuse, pour tromper ses chagrins, à faire de mauvais vers; — il est plein de sollicitude pour ses vieux parents, et toute sa religion consiste à les rendre heureux. — Au milieu de ses méditations, une voix intérieure lui suggère l'idée d'ouvrir une souscription pour publier son livre : Qui sait, lui dit cette voix, si ta piété filiale n'y trouvera pas son compte?

Rien n'est plus persuasif que l'espoir d'être utile à ceux qu'on aime. J'entrevoyais déjà les plus beaux châteaux en Espagne, d'autant plus que l'administration de l'Enregistrement, toute paternelle, enseigne à ses enfants l'obligation de s'entr'aider. Comme je suis un peu de la famille, je me crus assuré de leur concours, et, malgré une répugnance bien légitime pour la publicité, je me décidai à publier mon livre par souscription, croyant accomplir un pieux devoir.

Trop naïf pour notre siècle, je m'étais trompé sur la disposition actuelle des esprits; je n'avais pas assez tenu compte du courant des idées égoïstes, et, contre mon attente, la grande majorité de mes collaborateurs m'a fait défaut, malgré les traditions d'esprit de famille qui honorent notre administration.

Naturellement affecté de leur abandon, je n'en suis que

plus pénétré de reconnaissance envers ceux qui m'ont prêté leur appui et dont le bienveillant intérêt est venu adoucir l'amertume de cette déception.

S'il m'était permis de chercher une consolation dans la bizarrerie des coïncidences, j'aimerais à constater, qu'au nombre des villes qui m'ont témoigné le moins de sympathies figure au premier rang l'immortelle patrie de M. de Pourceaugnac.

Mais, outre que cela manquerait d'à-propos, maintenant que M. de Pourceaugnac a été si amplement réhabilité par M. Scribe, l'indifférence qui m'a frappé, considérée comme un fait caractéristique de notre époque, est trop grave pour être un sujet de plaisanterie : lorsque l'égoïsme prend de telles proportions, on ne peut que s'en affliger profondément, parce qu'en fomentant tous les mauvais instincts, il doit entraîner le dépérissement moral de la civilisation.

S'il ne s'agissait que de moi, le mal ne serait pas grand : le manque de bonté pour une infortune obscure est loin d'être une calamité publique ; — au surplus, mes collaborateurs, à part le principe de solidarité, ne me devaient rien, si ce n'est quelque souhait banal, eau bénite de cour à la mode.

Mais l'égoïsme aujourd'hui n'est-il pas une plaie sociale

qui s'élargit de jour en jour ? Quelle est l'infortune, aussi
vénérable qu'elle soit, qui inspire au prochain un sentiment de commisération ? M. Lamartine lui-même, malgré
les droits sacrés du malheur et du génie, n'a-t-il pas été
abandonné de la France, dont la postérité répudiera un
jour cet héritage de honte ?

Autrefois — comme disent les vieux — la grandeur du
caractère, la noblesse des sentiments, l'enthousiasme des
élans généreux formaient les liens ind ssolubles des rela-
tions humaines ; même au milieu des mœurs les plus relâ-
chées, l'homme conservait toujours le respect du prochain
qui est le mobile des plus grands dévouements, comme il
est la base des plus grandes vertus.

Que les temps sont changés ! combien, à mesure que le
sentiment de la poésie s'en va, la fièvre du lucre reparaît
et les mœurs publiques dégénèrent ! Maintenant on n'a plus
que l'héroïsme des petites jalousies ; les intérêts personnels
se livrent une lutte acharnée sur l'arène du mercantilisme,
et le cœur de l'homme devient une sorte de forêt de Bondy
où la probité est détroussée sans miséricorde.

Voilà les effets scandaleux de l'esprit matérialiste, fruit
mûri dans les rameaux de l'idolâtrie du moi ; notre génération en est si infestée qu'elle accorderait plus de considé-

ration à quelque Robert Macaire enrichi, qu'à Victor Hugo, cette sublime personnification du sentiment.

Il ne reste plus, en France, qu'à instituer cette fête des mangeurs et des buveurs que décrit Michelet, et où l'on donnait en prix une dent d'argent au meilleur mangeur, et un robinet du même métal au buveur le plus intrépide. — Puisque la multitude, reniant le côté sentimental de l'homme, n'aspire qu'à satisfaire ses appétits grossiers, pourquoi ne célébrerait-on pas le dieu du ventre ?

L'absence de tout idéal, dans une société, a toujours correspondu à une âpreté de mœurs que l'enseignement des philosophies, les découvertes de la science, les préceptes même des religions, ont été impuissants à tempérer.

C'est que, dans toutes les phases de sa transformation, l'homme, pour être heureux, a besoin d'aimer, de croire et de prier ; or, les philosophies développent trop l'orgueil au préjudice du sentiment, les sciences ne dissimulent pas assez leur scalpel dont l'analyse ébranle la plus robuste foi, et les religions prêchent des dogmes si intolérants que la raison ne peut s'en accommoder.

Mais le sentiment de la poésie, ouvrant le cœur à l'amour du prochain, l'intelligence à la contemplation des beautés de la nature, la pensée au mysticisme des rêveries, satisfait, sans mélange de petites passions, l'ensemble des besoins de notre âme, et rachète, par sa douce influence, les misères de nos instincts.

Il faut donc savoir gré aux personnes qui, malgré la lutte des intérêts personnels, sacrifient aux idées généreuses, sous l'inspiration pénétrante du sentiment, dont la poésie est une des plus délicates expressions.

J.-J. Rousseau souscrivant, de sa dernière obole, à l'érection de la statue de Voltaire, si injuste à son égard, paraît plus grand encore qu'en écrivant les sublimes théories du *Contrat social*, parce qu'il pratiquait ainsi la religion du cœur, source inépuisable de délicatesses et de désintéressements.

Si Lamartine a subi de nos jours l'ingratitude de la France, il s'est trouvé des hommes de dévouement, qui non-seulement se sont dépouillés du nécessaire pour lui venir en aide, mais sont allés quêter pour lui de porte en porte, comme d'ardents apôtres de la charité chrétienne.

Grace à Dieu, l'autel de la poésie a toujours eu, pour le bonheur du genre humain, de chaleureux adeptes, prêts à tous les sacrifices pour la défense de son culte, seul capable d'entretenir en nous le sentiment du beau.

Inébranlables dans leur amour pour le prochain, au milieu de la mêlée des convoitises, ils rappellent les soldats de la liberté, qui, perpétuellement victimes de leur consigne, recommencent perpétuellement, de génération en génération, l'œuvre sainte de la rénovation sociale.

Qu'ils soient bénis ! ces cœurs généreux de tous les temps, dont le dévouement et l'abnégation se dressent en colonnes d'Hercule devant l'égoïsme et semblent lui dire : « *Tu n'iras pas plus loin !* »

Qu'ils soient bénis mes souscripteurs eux-mêmes ! parce que leurs sympathies, malgré mon humble obscurité, ont leur signification relative, au milieu des tendances d'un siècle sceptique et railleur.

Comme les vestales antiques, ils entretiennent le feu sacré qui nous embrase d'amour et d'éternelle jeunesse, et l'on peut se dire, en admirant leur zèle : Ne désespérons pas de la société, quelque corrompue qu'elle soit, puisqu'elle renferme encore des cœurs pleins de sollicitude pour les pauvres poètes, qu'ils se trouvent en haut ou en bas de l'échelle littéraire.

B. LAPORTE.

ÉPITRE A MA SERINE

dédiée

A M. D'H***, Directeur de l'Enregistrement en retraite.

—•—

Vous vieillissez, petit oiseau,
O ma serine si gentille,
Et votre nid, muet berceau,
N'a pas encore eu de famille.

En vain, j'ai fait ce que j'ai dû
Pour qu'un jour vous devinssiez mère ;
Malgré mes soins, nul prétendu,
Contre mes vœux, n'a pu vous plaire.

Pourtant, j'avais fait de bons choix,
Songez-y donc, chère pupille,
Et vous n'auriez pas dû, je crois,
Montrer un cœur si difficile.

Faut-il de mon chardonneret
Vous retracer la fraîche image?
Il avait l'œil vif et coquet;
C'était un charmant personnage.

Et mon linot! — Ah! croyez-moi,
Quoiqu'il eût l'air peu raisonnable,
Il n'en était pas moins, ma foi,
Un parti tout-à-fait sortable.

Et mon serin, si langoureux,
Mon serin au jaune corsage,
Qui, trop épris de vos beaux yeux,
Mourut d'amour dans votre cage!...

Vous l'avoûrez, jamais trompeur
Qui s'admire en sa belle pose,
Jamais commis, la bouche en cœur,
Jamais désolé virtuose,

N'ont déployé plus de savoir,
De caquetage téméraire,
Plus de soupirs, de désespoir,
Que mes protégés pour vous plaire.

Mais vous, comme un malin oiseau,
Vous les narguiez, ô ma gentille,
Et votre nid, muet berceau,
N'a pas encore eu de famille.

J'en suis affligé vivement,
D'abord pour vous dont la vieillesse
Regrettera, quelque moment,
Les jours perdus de la jeunesse.

Car la vieillesse sans appui
Est toujours bien triste en ce monde,
Lorsque son front, chargé d'ennui,
Penche vers la tombe profonde!

Et les regrets sont superflus!
Et le temps emporte les heures
Dont le cadran au pas confus
Sonne l'oubli sur nos demeures!

Ah! qu'il vaut mieux être entouré
D'amour, de soins, de prévenance!
Et voir sur un front adoré
Se réfléchir notre existence!

Oh ! c'eût été double plaisir !
Vos petits, chantant dans leur cage,
Eussent charmé mon souvenir,
Et mon souvenir leur ramage.

Mais vous vieillissez, cher oiseau,
Vous, ma serine si gentille,
Et votre nid, muet berceau,
N'aura jamais eu de famille.

II

NINA

—⋄—

Écrit sur la première page d'un livre obscène que j'ai trouvé un jour
entre les mains d'une toute jeune fille à qui un vieux libertin
l'avait prêté.

Ne courbe pas ton front sur ces pages impures ;
La vierge des amours en rougirait d'horreur ;
Notre esprit en revient couvert de flétrissures :
Laisse dormir en paix l'innocence en ton cœur.

III

LA TOILE D'ARAIGNÉE

—◦—

N'a pas boudoir qui veut — C'était dans une grange —
Lorsque l'on s'aime bien, qu'on est jeune, on échange
Des propos aussi doux là que sur le satin.
Partout mêmes aveux, mêmes regards en flamme,
Même espoir qui nous met ses hymnes dans notre âme,
Même clé dont l'amour ouvre un suave Éden.

— J'ai mal fait de venir ici, disait Clarisse.
— Enfant, pourquoi se plaindre après le sacrifice ?
Veux-tu troubler ma joie ? — Oh ! non ; mais j'ai bien peur !
Si quelqu'un le savait ! — Allons donc, ma timide,
Vive dieu ! sans amour, la vie est trop aride ;
Je noierai tes remords dans l'excès du bonheur.

De tous temps il ne fut qu'une bonne manière
D'apaiser la pudeur lorsqu'elle délibère
Et qu'elle lutte encore avec le repentir :
C'est d'arrêter longtemps ses soupirs sur sa lèvre,
Afin que, refoulés au siége de la fièvre,
Ils fassent, des remords, l'aliment du désir.

Jean le pensait ainsi. — Je crois bien que Clarisse
Pensait également que le mode est propice ;
On le voyait au flux et reflux de son sein ;
Si bien qu'une souris, qui grignottait la paille,
S'enfuit tout effrayée en son trou de muraille,
Au bruit qu'un long baiser fit éclater soudain.

Alors Clarisse et Jean battirent la campagne ;
Car l'on verrait plutôt sans muletiers l'Espagne,
Sans cigare un sportman, sans morgue un fanfaron,
Qu'on ne verrait l'amour, dans son extravagance,
Sans cette folle ardeur, qui fond sur l'espérance,
Comme au turf un pur sang pressé par l'éperon.

Jugez si l'on refit cet éternel chapitre
Où l'amour, du destin se proclamant l'arbitre,
Escompte l'avenir et ne doute de rien !
— Chère enfant, disait Jean, si tu lis dans mon âme,
Tu sais quel souffle ardent en active la flamme;
Va, tu seras toujours, sur ma foi, mon seul bien.

— Qu'il m'est doux de te croire ! En ce moment suprème
Tu ne veux point mentir ; je te crois et je t'aime,
Et ma vie est à toi comme l'ange est à Dieu. —
C'est ainsi que le cœur entonne l'hyperbole.
— Il en est tant, dit Jean, qui n'ont pas de parole ! —
Clarisse protesta, le regard tout en feu.

Là-dessus Jean regrette un temps perdu; Clarisse
Prétexte ses frayeurs pour l'abord du calice.
C'est l'usage. — Eh ! dit Jean, son breuvage est si doux !
— Tais-toi, n'en parlons plus... Je reviendrai dimanche.
— Quoi ! si loin? j'en mourrais. — Oh ! que non; en revanche
Je t'en aimerai mieux... Exigeant, plaignez-vous.

Dimanche est dans six jours, six siècles ! sur mon âme,
J'aimerais mieux cent fois voir rejouer un drame
Tout au long ! que d'attendre ainsi pendant six jours.
Que faire d'ici-là, lorsque l'impatience,
D'un bonheur éloigné voulant jouir d'avance,
Excite le désir et le trompe toujours ?

Jean n'a plus de repos, — hélas ! tout le désole :
L'étude où bien souvent notre cœur se console,
Le jeu qui nous séduit par son appât du gain,
Le bruit, le mouvement, rien ne peut le distraire,
Et sa pensée ardente et fixe — il a beau faire —
Est toujours là présente et lui brûle le sein.

Cependant le temps fuit, — que l'âme soit tranquille
Ou qu'elle soit troublée, — il fuit d'un vol agile ;
S'il est bref pour la joie et long pour la douleur,
Au moment où son pas en marque le quantième,
Une fois révolu, pour tous il est le même :
Un éclair dont à peine on a vu la lueur.

C'est dire en peu de mots qu'au rendez-vous, fidèle,
Jean, longtemps avant l'heure, attend déjà sa belle ;
Qu'il maudit la lenteur de l'instant devancé,
Et regarde cent fois sa montre, et se dépite ;
Mais, à peine passé, le temps se précipite
A ses yeux, comme un cerf par la meute lancé.

— O temps ! arrête-toi, ne sois pas si rapide !
Bien sûr, elle viendra... Dieu ! quel démon te guide ?
Arrête, arrête donc ; tu me feras mourir ! —
Mais il a beau gémir, le temps brûle l'espace,
Et son œil, sur la route, en vain plonge et se lasse ;
Comme une autre sœur Anne, il ne voit rien venir !

Villageois, citadins, cherchant, loin des affaires,
A charmer leurs loisirs dans des plaisirs contraires,
S'en vont, les uns en ville et les autres aux champs ;
Ce qui prouve que rien de ce que l'on possède
Ne plaît et que le goût du changement obsède,
Vérité, sans mentir, digne de plusieurs chants.

La campagne et la ville incessamment se croisent :
Ce sont des Margotons que des grisettes toisent,
Des jardiniers brunis allant vendre leurs pois,
Ou des bourgeois charnus, armés de leurs épouses,
Qui vont tranquillement dîner sur les pelouses,
Suivis du tourlourou qui siffle un air narquois.

Mais de Clarisse point. Pourtant, le front en nage,
Jean l'attend jusqu'au soir; puis, maugréant de rage,
S'enfuit tout en courroux et rouge à pleine peau.
Il voudrait sous ses pieds broyer l'univers même,
Car c'est encor du cœur un chapitre suprême
Qu'une attente trompée en ferait un fléau.

Depuis, il n'a jamais revu sa bien-aimée.
Comme une autre Héloïse, est-elle renfermée
Dans un couvent, versant tous les pleurs de ses yeux ?
Ou l'a-t-elle oublié ? Cela pourrait bien être,
Car le sexe est changeant sans vouloir le paraître,
Quoi qu'en pensent Colas, Abailard ou Saint Preux.

Cette façon d'agir cachait quelque mystère.
Jean l'ignora ; mais moi, qui suis un sòlitaire,
Je le sus et m'en vante. Or, en voici la clé :
D'une araignée, hélas ! la toile accusatrice
S'était prise en traîtresse au bonnet de Clarisse...
Elle arrive chez elle... et tout est dévoilé ! ! !

— Eh quoi ! me direz-vous, là finit l'aventure ?
Ce n'est pas naturel, car toujours, on l'assure,
L'obstacle est, pour l'amour, un aiguillon certain. —
D'accord ; — mais savez-vous ce que c'est que les belles ?
N'est-ce pas, si l'on croit tout ce qu'on dit sur elles,
L'énigme qu'en tous temps OEdipe cherche en vain ?

IV

A DEUX JEUNES ÉPOUX

—◆—

Ainsi que deux oiseaux aux ailes diaprées
Cherchent, des chauds climats, les riantes contrées,
Allez, jeunes époux, — et sachez bien qu'à deux,
    Lorsqu'on s'aime comme vous faites,
Que le temps soit propice ou qu'il ait des tempêtes,
    On est toujours heureux.

Car l'amour consacré par le cœur… et le maire,
Cet amour chaste et pur qui ne nous trompe pas,
Bien qu'il soit dépourvu des charmes du mystère,
Est le plus sûr garant du bonheur ici-bas.

Avez-vous vu parfois le nautonnier habile
Diriger l'aviron sur les flots agités ?
Ainsi que la mouette au vol doux et facile,
Sa barque fuit au sein des écueils évités.

Voilà, de votre hymen, la pure et fraîche image ;
La vie a des écueils, on ne peut le nier,
Mais vous ne sauriez craindre un moment le naufrage,
Puisque vous avez pris l'amour pour nautonnier.

Il est si doux d'aimer, de nourrir cette flamme
Qu'allume de son souffle un amour avoué,
Si doux de vivre à deux, de reposer son âme
Des soucis d'ici-bas, sur un cœur dévoué !

Comme tout change alors ! combien ce pauvre monde
Revêt d'autres aspects et nous paraît meilleur !
Combien notre regard paisiblement le sonde
Avec le calme au front et l'espérance au cœur !

Non, non, le sort cruel, malgré ses durs martyres
Et ses calamités, dont chacun a sa part,
Ne peut plus nous atteindre au milieu des sourires
Dont l'amour nous a fait un paisible rempart.

Voit-on fondre sur soi, dans le cours de la vie,
Quelque chagrin au front pâle et silencieux,
Une sournoise embûche ou bien l'oblique envie
Qui s'attache à nos pas, parce qu'on est heureux?

Qu'importe, lorsqu'on est auprès de sa compagne,
Dont le tendre regard d'espérance est voilé?
Comme un baume enchanteur son sourire nous gagne;
Il dit : — Ami, courage ! — et l'on est consolé.

Je vois luire pour vous les jours les plus tranquilles;
Je ne vous dirai pas : — Ménagez ce trésor; —
L'avenir est à vous, les vœux sont inutiles,
Et je ne puis, amis, que répéter encor :

Ainsi que deux oiseaux, aux ailes diaprées,
Cherchent, des chauds climats, les riantes contrées,
Allez, jeunes époux, — et sachez bien qu'à deux,
      Lorsqu'on s'aime comme vous faites,
Que le temps soit propice ou qu'il ait des tempêtes,
      On est toujours heureux.

V

HORS DE LA TABLE POINT DE SALUT

—◦—

Couplets chantés en 1848, à un banquet qui avait réuni plusieurs
convives dont les opinions politiques étaient tout-à-fait opposées.

Cherchant son salut ici-bas,
Chacun, j'en ai pitié, tâtonne ;
Je le trouve sans embarras :
La table seule me le donne.
Aussi, permettez que mon luth,
Souriant à son confortable,
Pour s'acquitter d'un doux tribut,
Chante son culte impérissable.
Ah ! croyez-moi, hors de la table,
Messieurs, il n'est point de salut.

L'amour nous fait payer bien cher
Les sottises qu'il fait commettre ;

Pour un plaisir, souvent amer,
Combien d'ennuis il peut transmettre.
Quoiqu'en tous temps son règne fût
Des règnes le plus intraitable,
Ici, l'on se rit du tribut
Dont chaque jour il nous accable.
Ah ! croyez-moi, hors de la table,
Messieurs, il n'est point de salut.

Un jour, le mois de février
Ouvre l'ère de la concorde,
Et pourtant plus d'un gazetier
Souffle le feu de la discorde ;
Mais, à leur plume, Belzébut
Peut dicter un fiel implacable,
Notre banquet trompe leur but,
Puisqu'avec nous la paix s'attable.
Ah ! croyez-moi, hors de la table,
Messieurs, il n'est point de salut.

Quand la foi touche à son déclin,
Sous l'éteignoir des patenôtres,

Elle renaît dans un festin,
Dieu nous l'apprend par ses apôtres :
Le Christ, lorsqu'il nous apparut,
A peine sorti d'une étable,
De Dieu symbolisant le but,
Conçut la Cène mémorable.
Ah ! croyez-moi, hors de la table,
Messieurs, il n'est point de salut.

Ainsi, religion, amour,
Fiel ardent de la politique,
Tout vient s'épurer tour-à-tour
Dans le culte que je pratique.
Comme l'arche qui secourut
Noé, dont nous parle la fable,
Dans tous les temps, la table fut
Une arche à chacun abordable.
Ah ! croyez-moi, hors de la table,
Messieurs, il n'est point de salut.

VI

UNE CHAUMIÈRE

Comme un cygne endormi sur le cristal de l'eau,
  Une blanche chaumière
Est assise, riante, au penchant du coteau
  Couronné de bruyère.

La cour est exposée aux rayons du matin,
  Et le coq, dès l'aurore,
Battant de l'aile, y chante et réveille soudain
  Les bruits du val sonore.

Et la poule, attentive à nourrir ses petits,
  Pour eux gratte la terre,
Dans le verger fermé d'une clôture en buis
  A la senteur amère.

Un cep de vigne ombrage avec son espalier
    Le seuil de la chaumine,
Où vient, en serpentant, aboutir un sentier
    Tout bordé d'aubépine.

On entend la génisse à la tremblante voix
    Ruminer dans l'étable,
Dont le maître a marqué la porte d'une croix
    Pour en bannir le diable (1).

Au sud est la prairie où chante le grillon,
    Parmi les fleurs nouvelles,
Que tour-à-tour, sans fin, l'inconstant papillon
    Effleure de ses ailes.

Si vous passiez par là, vous vous arrêteriez
    Tout ému de surprise,
D'entendre, sans la voir, une source à vos pieds,
    Comme un soupir de brise.

(1) Dans certaines contrées du midi de la France, il est d'usage de tracer sur la porte des granges le signe de la rédemption, afin d'empêcher, d'après la légende, que le diable ne vienne, pendant la nuit, troubler le sommeil des bestiaux.

Elle sort du rocher entouré de buissons,
    Que son onde reflète,
Et mêle vaguement son murmure aux chansons
    De la jeune fauvette.

Puis, plus loin, transformée en limpide ruisseau,
    La source se déroule
Et baigne mollement la prairie où son eau
    A petit bruit s'écoule.

Tandis que, du ruisseau, votre œil suit l'heureux cours,
    Une épaisse charmille,
Derrière la maison, abrite les amours
    De plus d'une famille.

La colombe roucoule aux branches de l'ormeau
    Qui couvrent la toiture,
Où parmi les lichens, formant comme un préau,
    Le moucheron murmure.

C'est un séjour charmant, surtout par un beau soir
    Tout plein d'haleines fraîches,

Lorsque l'âne et les bœufs, venant de l'abreuvoir,
 Retournent à leurs crèches.

Le canard, d'un air grave, et la brebis bêlant,
 La chèvre à l'œil affable,
Par le sentier fleuri, pêle-mêle, à pas lent,
 Regagnent leur étable.

Le laboureur, piquant l'attelage excédé,
 Lentement le ramène;
Et sur le toit s'abat le pigeon attardé,
 Revenant de la plaine.

Rien n'est délicieux comme ce mouvement,
 Tableau vivant de grâce,
Où chaque personnage, au front calme et charmant,
 Va reprendre sa place.

Puis, à ce mouvement de rentrée au logis,
 Qu'un œil de ménagère
Surveille, en caressant de gros enfants assis
 Au seuil de la chaumière,

Succède, avec la nuit, un silence profond,
            Et sur la maison blanche,
Le sommeil vient vider sa coupe jusqu'au fond,
            D'où le rêve s'épanche....

Dors tranquille, ô doux nid, dans tes massifs épais ;
            J'ignore qui t'habite ;
Mais qu'on doit être heureux d'y savourer la paix
            Loin d'un monde hypocrite !

Si tu m'appartenais, toi qui peux réveiller
            Dans mon âme une envie,
Je viendrais dans ton sein, chaque jour, oublier
            Les chagrins de la vie.

VII

LA MUSIQUE AUX FLAMBEAUX

AU COLONEL DU ;...

Le soldat, en tous temps, fut galant pour le sexe ;
Qu'il coiffe le colback, le képi, le schako,
Qu'il ceigne le poignard ou le bancal convexe,
La femme, de son cœur, trouve toujours l'écho.

Aussi cela fait-il jaser la médisance :
On prétend que la femme a le goût du lézard,
Qui mord avidement à la couleur garance,
Et ne lâche pas plus qu'au mensonge un cafard.

Le fait est qu'on peut voir, — je le dis sans malice, —
Lorsque des régiments changent de garnison,

On peut voir plus de pleurs, de cris — et de jaunisse, —
Que n'en contint jadis la plaintive Sion.

— Adieu, cher caporal, sang aimé de ma veine !
— Adieu, gentil fourrier, pour qui je vais mourir !
— O mon doux lieutenant ! — O mon gros capitaine !
— O mon beau colonel ! — Je me sens défaillir.

C'est à fendre le cœur ! — Et je crois que ces dames
Jamais de leur chagrin ne se consoleraient
Si, pour entretenir l'aliment de leurs flammes,
Aux régiments partis d'autres ne succédaient.

C'est là, vous le voyez, de l'homéopathie :
Le remède toujours se trouve dans le mal ;
Si le bancal provoque un mal de sympathie,
Le pauvre cœur blessé guérit par le bancal.

Ce n'est pas nous, pékins, avec les côtelettes
Qu'on voit sur notre joue en poils fort effarés ;
Avec nos pince-nez, nos coiffures si bêtes,
Qui pouvons espérer d'être les préférés !

Hélas! nous avons bien—ou du moins je le pense—
Des pieds, un nez, des yeux; mais il manque à cela
Le hausse-col doré, l'épée, —et l'inconstance. —
Et le pékin ne peut donner que ce qu'il a.

La Palisse dira que c'est être frivole
Ainsi qu'un papillon, que de n'aimer qu'un jour;
Et Saint Preux, que le cœur se doit à sa parole,
Que changer si souvent c'est insulter l'amour.

O! mes beaux raisonneurs, je voudrais bien qu'à table
Votre hôte ne servit jamais que du bouilli!
Morbleu! si vous aimez un peu le confortable,
Comment ce mets, messieurs, serait-il accueilli?

Voyez où vous allez avec votre système!
Les sexes ne sont pas par égale moitié;
Que devient l'excédant? ne faut-il pas qu'on l'aime?
Pouvez-vous le laisser dans un coin oublié?

Et puis, songez-y donc, le cœur n'est pas de marbre,
Ni de vieille momie endormie à Memphis;

Sa nature est d'aimer comme reverdit l'arbre,
Comme Gargantua déguste les coulis.

Je conçois donc le goût pour l'habit militaire.
Le soldat est changeant, mais aussi que d'attraits !
De toutes les façons aucun ne sait mieux plaire
Et soutenir ainsi le vieux renom français.

Faut-il humaniser un cœur par trop rebelle?
Il frise sa moustache en crocs si compétents,
Fume avec un tel chic, et son allure est telle
Qu'on ne peut, sur ma foi, lui résister long-temps.

Faut-il fêter la joie et l'amitié sereine?
—Anges, de nos fardeaux prompts à nous soulager,—
Assis au cabaret près d'un broc de Surène,
Sa gaîté cordiale inspire Béranger.

Faut-il de nos drapeaux rajeunir la victoire,
Qui dans un long sommeil avait ployé son vol?
Il part.—Et pour montrer, en face de l'histoire,
Que rien n'est impossible,—il prend Sébastopol.

Mais il faut l'admirer, surtout dans la musique
Du régiment qui tient garnison dans nos murs;
Il est vraiment superbe, à travers l'acoustique,
Répandant l'harmonie à flots pressés et purs.

Car sa musique est bien à nulle autre pareille;
Sur la place elle vient deux fois tous les huit jours,
Charmer nos chers loisirs;—et c'est une merveille
Qui du beau monde attire un élégant concours.

Puis, comme de l'été la chaleur est si rude,
Qu'à sept heures les soirs sont encore trop chauds,
Pour le sexe ravi plein de sollicitude,
L'aimable colonel nous la donne aux flambeaux.

Ce sont là des égards pleins de délicatesse.
En vérité, mon cœur en est tout pénétré.
Je voudrais posséder tous les flots du Permesse,
Pour pouvoir murmurer sa louange à mon gré.....

La musique aux flambeaux! quelle chose divine!
Comme elle embellit bien les parfums de la nuit,

4

Le frôlement ému de l'ample crinoline,
La brise dont la voix s'exhale à petit bruit!

En ce moment le cœur qui s'enivre du rêve,
Oublie un peu la terre—et je l'approuve fort;—
Attendri malgré lui, vers le ciel il s'élève,
Et soupire en secret comme un ange qui dort.

Et les arbres penchés pour écouter s'avancent,
Et les jeunes oiseaux, dans leur branche éveillés,
L'agitent en chantant, et, joyeux, s'y balancent
Pour regarder passer les fronts émerveillés.

Et la lune respire une mélancolie
Qui s'unit mollement aux sons harmonieux,
Et pour s'en imprégner, sa lumière assouplie
Semble les écouter d'un air silencieux....

Seulement, le public devrait bien, ce me semble,
Applaudir à propos, s'il désire applaudir (1)....

(1) Le chef de musique avait composé quelques morceaux de circons-
tance qu'on applaudissait avec frénésie, tandis que la plupart du temps,

Je n'aime pas à voir un âne marcher l'amble,
Un moine aller nu-pieds, ni sourire un fakir.

Mais j'aime en leur autel les véritables prêtres,
— La prune en l'eau-de-vie — et qu'on mette des bas, —
Qu'on applaudisse enfin les chefs-d'œuvre des maîtres,
Au lieu de riens charmants dont on fait trop de cas.

Ici, j'espère bien que le chef de musique
Daignera pardonner mon travers inhumain ;
Mais, malgré son talent, sans doute magnifique,
Je lui préfère encor Boëldieu, Beethowen.

D'inopportuns bravos donnent la chair de poule,
Et je me sens tomber en un clin-d'œil des cieux ;

on restait froid devant les chefs-d'œuvre de nos grands maîtres, exécutés
d'ailleurs avec un remarquable talent. — Le sentiment de la musique
est peu développé dans le cœur de la multitude. — Cela me rappelle
qu'un soir, une bonne femme, après avoir pénétré avec effort dans le
cercle de l'auditoire, revint immédiatement sur ses pas, en se rouvrant
un passage à coups de coudes. — « Ma bonne, lui dit un vieux dilettante,
» ne vous trémoussez pas ainsi ; vous troublez tout le monde. » — « Que
» diable voulez-vous que je reste faire ici, répondit-elle : *Je ne vois rien.* »

— Et dans les cieux pourtant, les étoiles en foule
Font ruisseler sur nous l'or si pur de leurs yeux. —

Et le charme est détruit. — Adieu, mes belles dames,
Dont l'enivrant parfum fait frissonner le cœur ;
Adieu nos souvenirs éveillés dans nos âmes,
Ainsi que les zéphirs s'éveillent dans la fleur.

Mais que dis-je ? écoutez ! La note pure et grave
Recommence son chant ; silence ! quel doux bruit !
Tout se tait, tout écoute ! et cette voix suave
Vient secouer encor mon rêve qui la suit....

La musique aux flambeaux ! C'est de lointains murmures,
C'est la forêt émue aux fanfares du cor,
Le ruisseau fugitif, de divines blessures
Qu'on sent avec bonheur saigner, saigner encor ;

C'est l'espoir jeune et frais, les chansons de la plaine ;
C'est l'éternel serment qui doit durer huit jours ;
C'est la barque jetée au sein de l'onde humaine
Et qui flotte ravie, et qui chante toujours !...

C'est la femme penchée au haut de la tourelle ;
C'est la femme au harem, séjour mystérieux ;
C'est la femme partout, riante, jeune et belle,
Dont les yeux pleins d'amour rayonnent dans vos yeux...

Si mon dessein était de faire une élégie,
D'étaler en ces vers ses brillants oripeaux,
Certes, je montrerais que la polygamie
Fut inventée un soir de musique aux flambeaux.

Mais je suis inspiré par la reconnaissance,
— Ce qui donne toujours un ton plus sérieux, —
Et je viens accomplir, en toute conscience,
Un aimable devoir, au nom de Périgueux.

Colonel, vous avez montré pour notre ville
Tant d'exquises bontés, tant de grâces, qu'ici
Ma plume, avec bonheur, à mon devoir docile,
Simplement et sans art, vient vous dire : — Merci.

VIII

LE BOUTON DE ROSE

Dans l'épaisseur d'un gai rosier
　Que sur l'épineux églantier
J'avais, à la saison, greffé dans mon parterre,
Un précoce bouton allait épanouir;
Balancé mollement sur sa tige légère,
Il semblait soupirer comme un naissant désir.
　Déjà, son enveloppe verte,
Dont les bouts se croisaient en spiral éventail,
Sur son flanc arrondi, par intervalle ouverte,
Laissait apercevoir ses lèvres de corail.
　De son calice près d'éclore
Le parfum s'échappait aux baisers de l'aurore,

Semblable au doux espoir qui monte vaguement

D'un jeune cœur ému de son premier serment.

A chaque instant du jour, j'admirais sa croissance,

Que j'entourais de soins affectueux ;

Le laboureur est moins heureux

En voyant de ses blés la féconde apparence.

Comme une mère aime son premier-né,

J'aimais ce beau bouton de rose ;

Et je ne l'eusse pas donné

Pour les richesses du Potose.

Mais, hélas ! un matin,

Je le cherchai des yeux en vain :

Il avait disparu, ne laissant qu'un vestige

De sa pauvre tige,

Raide comme un bras amputé.

Ah ! comme en ce moment ma main eût souffleté

Celui qui du larcin s'était rendu coupable,

Car je destinais cette fleur

A l'objet aimé de mon cœur.

— Qui donc es-tu, misérable,

M'écriai-je soudain,

Pour te permettre un semblable larcin?

Qui donc es-tu ? Si tu l'oses,

Nomme-toi!...

— C'est moi !

Dit une voix fraîche comme les roses,

Et qui semblait sortir de quelque vase en fleurs....

Je me retournai... C'était elle,

Nina, souriante, aussi belle

Qu'un ange que le ciel a comblé de faveurs.

Alors à son sourire

Naïf, frais et vermeil,

Mon courroux se fondit comme se fond la cire

Aux rayons du soleil.

VX

L'INSOMNIE

—◇—

Poëtes, qui chantez les nuits,
Je vous admire en vos louanges;
Vous les peuplez de mille bruits
Doux comme les soupirs des anges.

Là, c'est la brise qui frémit
Sous les baisers du clair de lune;
Ici, la rive qui gémit
Le long des sables de la dune.

— Pendant les nuits, dit votre voix,
L'arbre s'emplit de doux mystères,

A peine si l'écho des bois
Répète l'hymne des bruyères. —

Et, du haut de vos hélicons,
Leurs solitudes éternelles
Toujours inondent les balcons
De Roméos sur leurs échelles.

Pour vous, les nuits ce sont les fleurs
Répercutant de douces choses,
Et dont l'aube voit, tout en pleurs,
S'épanouir les lèvres roses.

C'est la cascade du ruisseau,
Qui fuit, qui fuit dans l'herbe épaisse,
Le nid bercé sur le bouleau,
Avec son rêve et son ivresse.

C'est le silence empreint d'amour,
C'est le falot à la nacelle,
C'est la ramure où tour-à-tour
Chante et s'endort la tourterelle.

Alors, vous niez la douleur,
Vous ne croyez qu'à l'espérance ;
Car vous rêvez, — et votre cœur
Sourirait même à la souffrance.

Hélas ! c'est que vous dormez bien ;
— Et le sommeil aux gais sourires,
Comme un divin musicien
Touche les cordes de vos lyres.... —

Mais pour celui qui ne dort pas,
Dont le cœur couvert de blessures,
Comme un héros dans les combats
Meurt étouffé sous ses armures ;

Que les nuits sont longues pour lui !
Et combien les heures damnées
Semblent, avant qu'elles aient fui,
Devoir durer bien des années ! ! !

Cent fois il se retourne en vain ;
L'impatience le déchire,

Et la fièvre brûle son sein
Comme le feu de Déjanire....

Oh ! ce n'est pas le rossignol
Qu'il écoute dans la nature,
Mais bien le hibou dont le vol
Rase quelque vieille masure !

Ce n'est pas, blotti dans le foin,
L'insecte nacré qui bourdonne,
C'est l'araignée en un recoin
Filant sa toile monotone.

Le zéphir, pour vous si joyeux,
Buvant la goutte de rosée,
Pour lui n'est qu'un vent furieux
Fouettant de givre sa croisée.

S'il se berce, pour s'endormir,
De quelque ancienne jouissance,
Il n'est pas jusqu'au souvenir
Qui ne devienne une souffrance.

Comme le gril où le martyr,
Victime d'un sort inflexible,
Exhalait, sans pouvoir mourir,
Les cris d'une souffrance horrible ;

Ainsi la couche sans sommeil,
Allume un brasier de misère,
Et l'homme, à Saint Laurent pareil,
S'y tord comme sur un cratère.

X

UNE ESPIÈGLERIE

N'évoquons pas les contes des vieux temps,
Laissons en paix dormir les revenants.

Trois bons amis, la veille d'une chasse,
D'un vieux castel parcourent la terrasse,
Enveloppés du nuage odorant
Que du cigarre ils hument en causant.
Le vert étang, le parc et la nature,
Tout fait silence en l'épaisseur du bois,
Le donjon seul où la bise murmure
Semble éveiller ses hôtes d'autrefois.

Les jeunes gens soumis à l'influence
Des souvenirs qu'évoque ce réduit,
Mentalement, voient partout la présence
Des revenants dont ils font le récit ;
Ils ont déjà, pour s'égayer et rire,
Fait plusieurs fois d'inutiles efforts ;
Tout vient à point ressusciter les morts
Dans leurs propos que ce lieu sombre inspire.

N'évoquons pas les contes des vieux temps,
Laissons en paix dormir les revenants.

— Mon Dieu ! dit Paul, on dirait que nous sommes
Venus ici pour parler de fantômes ;
Cessons de grâce un si triste entretien.
— Paul a raison, messieurs, répond Fabien ;
Nous sommes loin d'être gais, sur mon âme !
— Si je sais bien, dit Marc, notre projet,
Les revenants n'étaient pas du programme...
Où chassons-nous demain ? — Dans la forêt,
Reprit Fabien, près de la Roche-Noire.
— Eh quoi ! mon cher, la roche aux revenants ?

— Encor! fit Paul; — qui donc t'a dit l'histoire?
— C'est ton vieux Jean, qui voit, depuis vingt ans,
Roder là-bas une ombre sépulcrale.
— Jean est un sot qui voit lorsqu'il est gris.
— Pourtant un soir l'ombre au collet l'a pris.
— Vous me tuerez, dit Paul, devenu pâle.

N'évoquons pas les contes des vieux temps,
Laissons en paix dormir les revenants.

Il s'établit un moment de silence;
Chacun sembla ressentir l'influence
De ce long cri poussé si tristement,
Qu'on l'aurait pris pour un pressentiment.
Mais, tout-à-coup, Fabien dit : — Par Diane,
Nous faisons là d'impayables nigauds;
Nous avons l'air de lire Radcliff (Anne)
Ou d'écouter quelques drames nouveaux.
Et là-dessus, on essaya de rire;
Mais la gaîté ne vient pas aisément
Lorsque le cœur fait tant de la proscrire.
— C'est, dit Fabien, incroyable vraiment !

Pour en finir, messieurs, allons ensemble
De ce pas-ci visiter le roc noir ;
Nous chasserons les fantômes ce soir.
— Va, répond Marc. — Ami, dit Paul, je tremble. —

N'évoquons pas les contes des vieux temps,
Laissons en paix dormir les revenants.

Lorsque la peur imprudemment s'engage,
La vanité nous tient lieu de courage ;
Marc et Fabien semblent rire à ce jeu,
Mais, dans le fond, ils tremblent bien un peu.
Le pauvre Paul a l'air d'une victime
Qu'on va conduire à quelque sort cruel ;
Pourtant chacun s'encourage et s'anime,
Et tous les trois s'éloignent du castel.
Comme un vieux loup qui marche avec prudence
Et de la nuit écoute le repos,
Chacun, muet, au milieu du silence,
Craint d'éveiller les nocturnes échos ;
C'est que jamais l'homme même qui nie
La peur des morts, mystérieuse loi,

N'ose affronter, sans un certain effroi,
De ses secrets la puissance infinie.

N'évoquons pas les contes des vieux temps;
Laissons en paix dormir les revenants.

Esprit nourri d'habitudes frivoles,
Fabien se plaît aux choses les plus folles;
C'est son penchant que d'être toujours gai,
Même au besoin espiègle, à dire vrai.
Or, le présent, qui tout-à-coup l'inspire,
Fut, de tous temps, pour lui l'occasion
D'imaginer quelque chose pour rire;
S'il fait du mal, c'est sans intention.
Moins léger, Marc a la gaîté plus digne;
Pourtant il aime à rire, à plaisanter;
Il s'associe à toute humeur maligne,
Lorsque surtout il ne peut l'éviter.
Le pauvre Paul, nature simple et douce,
Fait ce qu'on veut par résignation;
Mais, dans son cœur, la moindre émotion
Peut provoquer la plus vive secousse.

N'évoquons pas les contes des vieux temps,
Laissons en paix dormir les revenants.

Dans la forêt, comme l'ombre est épaisse !
Comme tout dort plongé dans la tristesse !
L'oiseau des nuits, d'un vol silencieux,
Anime seul ce tableau ténébreux.
Les jeunes gens s'en vont comme des ombres ;
De loin en loin quelque lapin s'enfuit,
Ou le lézard glisse dans les décombres,
Et chacun d'eux frissonne au moindre bruit.
Pourtant Fabien s'éloigne avec mystère,
Après avoir parlé tout bas à Marc ;
Par un sentier qui perce la bruyère,
Il disparaît dans l'épaisseur du parc.
Marc le regarde ; un moment il hésite,
Puis se résigne et semble soulagé ;
Tandis que Paul, en lui-même plongé,
Se dit tout bas : — Quelle frayeur m'agite ! —

N'évoquons pas les contes des vieux temps,
Laissons en paix dormir les revenants.

Déjà la roche, objet de la bravade,
Et d'où jaillit une sourde cascade,
Montre son front blafard sur un ciel noir
Aussi muet qu'un morne désespoir.
A cet aspect Paul retient son haleine,
Le merveilleux peuple encor ses esprits;
Ne va-t-il pas voir quelque ombre soudaine
Surgir là-bas comme dans leurs récits?...
— Pourquoi Fabien reste-t-il en arrière,
Dit-il, fouillant de l'œil le chemin creux?
— Qu'importe ami, dit Marc, laissons-le faire;
Que crains-tu donc, puisque nous sommes deux?
Comme il parlait, au pied de la muraille
Que surplombait le rocher au front nu,
On entendit comme un bruit inconnu,
Sortir soudain de l'épaisse broussaille.

N'évoquons pas les contes des vieux temps,
Laissons en paix dormir les revenants.

Alors on vit une grande figure
Sous un linceul, marchant avec mesure,

Venir sur eux silencieusement,
Poussant parfois un long ricanement.
— Oh! oh! dit Marc, voilà notre fantôme;
Qu'en dis-tu, Paul, vient-il nous enlever?
Allons, ami, faisons lui voir que l'homme
N'a pas peur des?.... — Il ne peut achever :
Paul a jeté soudain un cri terrible
Qu'a répété la profondeur du bois,
Puis, sous le choc d'une frayeur horrible,
Il est tombé sans mouvement, sans voix.
Fabien accourt; un noir soupçon le nâvre :
Dieu! que voit-il? il est glacé d'horreur!
Mais il a beau presser Paul sur son cœur,
Son pauvre ami n'était plus qu'un cadavre.

N'évoquons pas les contes des vieux temps,
Laissons en paix dormir les revenants.

Si vous allez, ami, dans un voyage,
Voir ce pays qu'on nomme le Bocage,
Près d'un castel dont vous savez le nom,
Vous trouverez, plein d'un triste renom,

Seul et pensif, un sombre monastère,
Enveloppé de ronce et de buisson ;
C'est un séjour de jeûne et de prière :
Le roc aride est tout son horizon.
Un homme, un jour, courbé par la souffrance,
Le fit bâtir, en attendant la mort,
Et là, depuis, Fabien fait pénitence
Pour expier un pénible remord...
On dit aussi qu'une forme légère,
Sur un tombeau qui repose en ces lieux,
Vient chaque nuit prier, les pleurs aux yeux :
C'est du défunt la vieille et pauvre mère.

N'évoquons pas les contes des vieux temps,
Laissons en paix dormir les revenants.

XI

LE CHANT DU CYGNE

—◇—

Nous étions à sa fenêtre,
Nous causions de nos amours,
Plus de mille fois peut-être
Nous nous étions dit : — Toujours !

Or, deux tourterelles vinrent
Sur un arbre se poser ,
Et doucement s'entretinrent
D'espérance entre un baiser.

— Vois de ce couple, dit-elle ,
Les soins discrets et jaloux. —
Je lui répondis : — Ma belle ,
Ils s'aiment : c'est comme nous.

— Mais on dit que leur ivresse
Ne s'éteint qu'avec leurs jours ;
— C'est ainsi que ma tendresse,
Enfant, durera toujours.

— L'homme n'est-il pas parjure ?
— Dois-je en vous me reposer ?
— A toi, d'abord ? — Je le jure !...
Mon serment eut un baiser.

Au doux bruit de notre lèvre
Le couple s'enfuit au loin ;
Dans le transport de la fièvre,
Mon cœur les prit à témoin....

Mais elle fut infidèle !...
Depuis, loin de l'abhorrer,
Au chant de la tourterelle
Je me sens toujours pleurer.

XII

MA LETTRE DE RECOMMANDATION

—◦—

A M. ÉLIE DE B.....

—◦—

Te souviens-tu, très-cher, de nos jeunes années,
Qu'aujourd'hui nous voyons trotter sur le chemin,
Semblables en tous points à ces vieilles fanées,
Qui vont, clopin-clopant, sans cheveux, échinées,
Promener leurs ennuis, la béquille à la main?

Combien d'instants heureux cet âge me rappelle!
Mais Périgueux était plus gai qu'en ce moment;
D'abord, je t'y voyais, chose charmante en elle;
Puis nous avions vingt ans; — puis l'amitié fidèle,
Dans ses vœux mutuels, nous berçait doucement.

Tu brillais par l'esprit; moi, j'étais un peu bête;
Aussi bien étions-nous, moi naïf, toi moqueur :
C'est la loi du contraste et les hommes l'ont faite.
J'admirais tes bons mots, tu raillais le poète;
Mais nous nous pardonnions par les élans du cœur.

De l'Enregistrement, simple surnuméraire,
Tu narguais du civil le triste apostolat;
Le métier qu'on n'a pas est celui qu'on préfère :
Tu désolais sans fin ton excellente mère
De n'avoir pas permis que tu fusses soldat.

— Ta mère! dont l'amour, plein de délicatesse,
Savait, à ton insu, pardonner tes erreurs...
Comme tu devinais son aimable faiblesse !
Souvent, pour l'éprouver, tu niais sa tendresse,
Egoïste, pour mieux en jouir dans ses pleurs. —

Ce qui t'allait surtout, c'était la sabretache :
Pour posséder un jour le dolman, le colback,
L'habit à brandebourg, la latte et la cravache,
Rien ne t'aurait coûté, cher hussard, que je sache,
Si ce n'est cependant ta pipe et ton tabac.

Conservant le bon sens, dans mon emploi modeste,
Moi, j'enviais ton sort pour te le faire aimer;
Je soutenais ta mère, ayant raison de reste :
—La guerre, te disais-je, est un métier funeste! —
Alors tu me riais au nez à te pâmer.

— Cependant nieras-tu qu'elle n'ait ses déboires?
Le métier me ravit, vu dans les hauts emplois :
Il est, en maréchal, plus beau que nos grimoires;
Mais il faut l'entrevoir dans tous ses accessoires;
Te sourit-il beaucoup dans une jambe en bois ?

Du reste, c'était là nos uniques querelles ;
Et Dieu fut moins heureux lorsqu'il cria *Fiat lux !*
Que nous quand nous faisions nos courses éternelles,
Confondant nos espoirs dans nos âmes jumelles,
Et damant le pion à Castor et Pollux.

Quel est donc le réduit où la gaîté s'agite,
L'autel où du plaisir chantent les voluptés,
Le bal où la polka folichonne et crépite,
La solitude même où le rêve palpite,
Qu'ensemble, chaque jour, nous n'ayons visités?

Ah ! c'était le bon temps, le temps de l'espérance,
Des frivoles propos — et des maris trompés, —
Le temps du franc-parler et de l'insouciance,
De tous les riens charmants que la jeunesse encense,
Des châteaux en Espagne — et des habits râpés !

Si de ces souvenirs je retrace l'image,
C'est pour parler d'un trait de ta bonne amitié;
Il peut prêter à rire aux gens du persiflage,
Mais moi, de ton bon cœur j'y vois un témoignage.
Voyons, mon cher ami, si tu l'as oublié?

Tu venais de monter un degré de l'échelle;
De ton maillot, enfin, tu sortais Receveur.
Qui de nous deux, ami, fêta mieux la nouvelle?
Je voulais sur le champ te voir monter en selle,
Et pourtant ton départ m'allait briser le cœur !

Je ne parlerai pas du festin magnifique
Que tu nous octroyas pour faire tes adieux :
Il eût humanisé la plume d'un critique !
Quels vins ! quels mets ! suivis d'une joie anarchique !
Seulement j'essuyais de temps en temps mes yeux.

As-tu vu quelquefois le lion, dans sa cage,
Jouant avec un chien qui semble commander?
Pour lui le chien est tout : c'est le roi du ménage;
Je crois que s'il partait seul pour quelque voyage,
Il prîrait son carlin de le recommander.

C'est l'effet bienveillant de la sollicitude :
Elle aime à faire accroire au faible qu'il est fort,
Au petit qu'il est grand, — et leur vie est si rude
Que, pour donner le change à leur inquiétude,
Elle se plaint sans cesse en exaltant leur sort. —

Sans être ni lion, ni roquet, cher Elie,
Ce fut là, peu s'en faut, notre position :
Pour montrer que mon sort était digne d'envie,
Tu voulus, en partant, étrange fantaisie,
Te faire accompagner de ma protection.

Moi, protéger quelqu'un ! quelle ironie atroce !
On accable un ami, mais doit-on l'ahurir?
Déjà les dignités, sur ton terrain précoce,
Semaient leurs petits pois dont je n'ai que la cosse;
En quoi donc, grand farceur, pouvais-je te servir ?

C'est égal ; pour te plaire en ce désir bizarre,
J'écrivis le folio que tu me demandais ;
J'y mis tout mon savoir : ce fut un style rare,
Papier fin, cachet bleu, certain air de fanfare,
Enfin, rien n'y manqua, — si ce n'est le français.

Tu partis pour la Corse, emportant ma missive.
Alors, tu me promis tous tes moments perdus.
—Tu me les devais bien ; — mais qu'est-ce qu'il arrive ?
Huit jours on se répète : Il faut bien que j'écrive ;
Puis l'on taille sa plume, — et l'on n'y pense plus.

Je reçus donc à peine un billet pulmonique,
Essoufflé de donner des détails fort peu longs ;
Il m'apprit tout au plus, en abrégé comique,
Qu'Ajaccio n'était pas un canton de Belgique,
Et que tes bas tombaient parfois sur tes talons.

Je pourrais établir ici tout un système
Plein de fins aperçus contre le souvenir,
Montrer que l'amitié tourne comme la crême,
Que l'oubli vient toujours comme mars en carême...
Je te ferais bâiller ; j'aime mieux t'endormir.

Or donc, un an après, nouvelle inattendue,
Tu m'appris en deux mots que tu nous revenais.
On a dit bien souvent qu'un plaisir trop vif tue :
Je me porte fort bien ; — mais l'épître reçue
Me rendait si content, ami, que j'en dansais.

Ainsi, l'avancement t'avait souri bien vite !
Et toi qui comparais notre sort inégal !
Vers un but assuré ton pas se précipite;
Moi, je reste à mon clou, défroque décrépite,
En attendant qu'un jour je meure à l'hôpital.

Mais j'allais te revoir ! — Ma lettre protectrice
T'avait donc, cher Élie, aplani le chemin ?
Je me dis : — Qu'il est doux de rendre un bon service !...
Et la mouche du coche entrant toujours en lice,
Je crus avoir tout seul fait marcher ton roussin.

En ruminant ainsi, je défaisais ta malle
Le jour où le courrier t'apporta dans mes bras :
J'examinais habits, gants, parfums du Bengale,
Enfin, tout ce qui fait l'élégance natale
Dans laquelle, au surplus, en tous temps tu brillas.

Mais tout à coup, au fond, dans un coin, endormie,
Apparut une lettre à mes yeux consternés ;
Rien n'était comparable à sa calligraphie ;
L'enveloppe était vierge, et, je le certifie,
Sa présence me fit pousser un pied de nez.

Eus-je tort, mon très-cher, tu détournais la tête ;
Disparais ô muscade ! et tu n'aperçus rien.
De ce larcin faut-il que mon cœur s'inquiète ?
Le Code est positif : pour demeurer honnête
Nul ne doit dérober même son propre bien.

Ma plume ne vient point prendre ici ma défense ;
Je dirai seulement qu'obliger c'est ma loi.
Si jamais tu cherchais encore une assistance,
Tu n'as qu'à faire un signe en toute confiance,
Pour te servir, toujours tu peux compter sur moi.

XIII

AU COIN DU FEU

—◇—

Le vent du nord souffle dans l'arbre
Dont il emporte les rameaux;
Dans les airs froids comme le marbre
Déjà circulent les corbeaux.
La fumée en spirales mornes
    Plane sur les toits...
—Pauvre mendiant, sur les bornes
    Souffle dans tes doigts.

La plaine, qui devient déserte,
Respire un silence affligeant,
Tandis qu'en la rive l'eau verte
Se change en dentelle d'argent.

L'épais brouillard sur la rivière
    Suspend son plafond...
—Pauvre oiseau cherche sur la terre
    Un abri profond.

Au bois plus de fraises sauvages,
Plus de parfums sur les sentiers,
Plus de soupirs dans les feuillages
Qu'on froisse à présent sous les pieds;
Parfois brâme la bête fauve
    Dans le carrefour...
—Pauvre amant, en ta sombre alcôve,
    Pleure ton amour.

Qui me rendra ma solitude
Là-bas, sur le bord du chemin,
Où la plus suave habitude
Me ramenait soir et matin?
J'y partais avec Malfilâtre,
    Mes pensers flottants...
—Pauvre poète, au coin de l'âtre,
    Rêve du printemps.

XIV

LES CATACOMBES

Animé du désir d'errer parmi des tombes,
Un soir, je visitai de vieilles catacombes !
C'était à la Toussaint, cette fête des morts.
L'ossuaire gisait sous les murs de l'église,
Et la cloche mêlait, en lugubres accords,
De sourds gémissements aux plaintes de la bise.

Le cœur plein de respect, seul avec un flambeau,
J'entrai, le front pensif, dans le sombre caveau :
La nuit avait vieilli sous ces voûtes humides,
Car depuis bien longtemps nul pas n'était venu
Epier le sommeil des ossements livides
Pêle-mêle entassés sur le sol froid et nu.

Comme il est imposant le ténébreux silence
Que répandent les lieux où le néant commence !
Calme profond, quel est ton langage muet ?
Où donc est le penseur qui sans frémir te sonde ?
Pourquoi tiens-tu fermé ton sinistre alphabet ?
Tout est-il donc fini par-delà l'autre monde ?

Mais d'où vient que l'esprit, effrayé du tombeau,
S'en fait une espérance ainsi que d'un berceau ?
N'est-ce pas là l'instinct d'une seconde vie ?
Si l'homme, du néant, ne peut rien entrevoir,
Ne sent-il pas dans l'âme une force infinie
Qui peut se transformer, mais non jamais déchoir ?

Un frisson, malgré moi, s'empara de mon âme
Quand de ma faible torche une incertaine flamme
Emplit en vacillant la cavité des os ;
Elle anima soudain ces têtes décharnées ;
On eût dit qu'un démon, secouant les arceaux,
Éparpillait dans l'ombre un essaim de damnées.....

Et voilà donc, me dis-je, en voyant ces débris,
Ce que devient le corps par le néant repris !

Que fûtes-vous vivants, ô crânes si difformes?
Peut-être la beauté brilla dans vos profils !
Où sont vos frais contours, vos gracieuses formes?
L'écho seul répondait : — Où sont-ils? où sont-ils?

O tombe, ce n'est pas la beauté du visage
Que respecte jamais ton œuvre de carnage !
Mais il est une chose à l'abri de tes coups :
C'est l'auguste vertu, cette beauté de l'âme
Que ton souffle peut bien éteindre parmi nous,
Mais qui, près de son Dieu, sent raviver sa flamme...

Troublés dans leur sommeil quelques oiseaux de nuit,
Des humides parois se détachant sans bruit,
Tournaient dans les sillons que traçait la lumière;
Quand je voulus marcher, à tâtons et craintif,
De vieux crânes heurtés, au front triangulaire,
Jetèrent un son creux lugubrement plaintif.

Des mânes réveillés était-ce le langage?
Que de destins divers dans un même voyage !
Combien se sont courbés sous le poids des douleurs !
Combien furent comblés d'honneurs et de richesses !

Et si l'un fut, hélas! honni dans ses malheurs,
Que d'autres ont été fêtés dans leurs bassesses!

Oh! la tombe est un bien, puisque le malheureux
Y trouve le repos, si ce n'est encor mieux;
Puisque le sage y voit sa pensée immortelle,
Puisque l'heureux pervers y craint le châtiment,
Et qu'elle verse ainsi, dans sa coupe éternelle,
Aux bons un peu d'espoir, aux méchants le tourment.

Je m'assis dans un coin; mon front était en nage;
Le silence reprit un calme plus sauvage,
Et j'écoutais tomber sur le sol détrempé
La goutte d'eau filtrant aux fentes de la pierre,
Bruit sombre qui semblait, à longs instants frappé,
Sonner l'éternité dans ce lieu funéraire.

L'éternité! pourquoi? me dis-je en frémissant:
L'homme ne peut pécher ici-bas qu'en passant;
Son crime est limité dans le laps de la vie.
Quelle est donc la raison qui permet d'infliger,
Au nom de la justice, une peine infinie,
Pour punir à jamais un crime passager?

O penseur! répondit une voix souterraine
Qui semblait proclamer une loi surhumaine,
Que nous importe, à nous, la Bible ou le Coran?
Les sectes se sont fait des dieux à leur image;
Mais ici la justice est un vaste océan
Où l'auguste raison comme une arche surnage.—

Et comme j'écoutais, mon flambeau s'éteignit;
La voix se tut, et l'ombre autour de moi se fit.
Alors, des bruits confus, des visions funèbres,
Des fantômes errants qui passaient tour à tour,
Dans un rapide instant peuplèrent les ténèbres.
Mon esprit seul voyait dans le sombre séjour.

Comme pendant la nuit, quand la lune blafarde,
A travers un ciel noir, de temps en temps regarde
La terre où la forêt s'emplit de bruits confus,
Le voyageur croit voir se dresser sur la route
Des spectres si vivants qu'alors il ne sait plus
S'il faut qu'il rétrograde, ou qu'il croie, ou qu'il doute,

Ainsi je vis passer des Juifs, tristes, rêveurs,
S'en allant des chrétiens soulager les douleurs;

Leurs souvenirs semblaient accablés de misère :
Ils essuyaient le front que leur main souffleta,
Et, frémissant d'horreur de leur propre colère,
Ils priaient tout tremblants au pied du Golgotha !

Je vis passer César, Annibal et Pompée,
Ces apôtres ardents de l'homicide épée;
Leurs yeux ne lançaient plus des éclairs conquérants :
Ils semblaient méditer; et le bruit des armées,
Le sang qui ruisselait, le râle des mourants,
Ne réjouissaient plus leurs âmes alarmées.

J'aperçus Sixte-Quint, Sanchez, Torquemada,
S'éloignant à grands pas de la Sainte-Hermandad :
Leur bouche reniait leur vieille intolérance;
Ils embrassaient Jean Huss, éteignaient leurs bûchers,
Et, comme pour calmer leur noire conscience,
Ils s'en allaient prêchant l'amour dans leurs clochers.

Je vis passer encor d'autres groupes sans nombre.
Ils avaient tous au front une tristesse sombre :
Ici l'ambitieux déchirait son manteau;
Là, sous ses pieds l'ingrat foulait l'ingratitude;

Et le méchant, plus loin, avec sollicitude,
Déchargeait, en pleurant, les bons de leur fardeau.

— D'où vient votre tourment? dis-je en esprit aux morts.
— O penseur! dirent-ils, ils nous vient du remords.
— Le châtiment est grand. — Notre faute était grave.
— Le terme en est-il loin? — Il n'est pas accompli.
— Pouvez-vous l'espérer? — Le repentir nous lave,
Mais il faut mériter le baptême d'oubli. —

Et j'écoutais toujours au fond de mes pensées
D'autres voix qui disaient, de craintes oppressées :
— Ceux-ci firent le bien, ce sont les bienheureux;
Nous ne songions qu'au mal et nous sommes punies,
Mais le cœur, quel qu'il soit, s'épure dans les cieux,
Car les bontés d'en-haut pour tous sont infinies.

A quoi sert, m'écriai-je, être ici-bas pervers?
Dieu nous a tous semés, dans ce vaste univers,
Comme le laboureur ensemence la plaine;
Espérons-nous tromper son regard souverain?
Lorsqu'il vient moissonner le blé de son domaine,
Le divin laboureur connaît le mauvais grain.

Mais tout à coup, dans l'ombre, une main empressée
Ceignit mon bras tremblant d'une étreinte glacée;
— Qui va là? m'écriai-je. On ne répondit pas....
Je sentis tout mon sang se figer dans ma veine;
Je crus voir un fantôme échappé du trépas !
Et je tombai, saisi d'une frayeur soudaine.

Étendu sur mon lit, quand je revins à moi,
Une enfant me veillait, l'air plein d'un doux effroi.
— Tu te crois le jouet d'un rêve, me dit-elle?
Pourtant je ne suis point un vilain revenant.
Ce soir ton front marquait une peine mortelle,
Alors je t'ai suivi.... Comprends-tu maintenant?

—Oh! oui, je me souviens! — Pourquoi sonder les tombes?
Reprit l'ange pensif. Les noires catacombes
Valent-elles, ami, notre réduit charmant?
Les sources du bonheur ici-bas sont profondes :
Aimer, faire le bien, être toujours clément,
C'est mériter l'amour de Dieu dans tous les mondes.

XV

LA BORNE

Que la borne est muette
Sur le bord du chemin !
On dirait qu'elle guette
Les pas du genre humain.

Et le genre humain passe
Sous mille aspects divers,
D'un pied que l'autre efface,
Parcourant l'univers.

Là, c'est la courtisane
Traînée en ses landaus ;

Ici, la paysanne
Qui traîne ses sabots.

Là-bas, de jeunes couples
Marchent à petits pas,
Et sur leurs tailles souples
Entrelacent leurs bras.

Plus loin, l'œil morne et triste,
Le pauvre mendiant
Demande qu'on l'assiste,
D'un air tout suppliant.

Puis, vient le militaire
Qui promène à son bras
Une bonne, et derrière
Suit l'enfant pas à pas.

D'autres passants sans nombre
Traversent le chemin ;
Leur foule qui l'encombre
Se succède sans fin.

C'est le savant qui sonde
Un problème profond,
Dont l'étude féconde
A fait pencher son front ;

Le pèlerin austère
Allant, les pieds poudreux,
Déposer sa prière
Sur l'autel des Saints-Lieux.

C'est l'ingrat qui murmure
Contre son bienfaiteur,
N'ayant plus que l'injure
Pour souvenir du cœur.

C'est l'envieux encore
Le front chargé d'ennui,
Que la rage dévore
Dans le bonheur d'autrui...

Et quand la nuit voilée
Étend son manteau noir

7

Sur la borne isolée,
Le passant vient s'asseoir.

Et tantôt il y jure
Un éternel amour,
Qui bien souvent ne dure
Que l'espace d'un jour.

Tantôt, avec prudence,
L'œil écoutant encor,
Il y vient en silence,
Voleur, compter son or.

Parfois, couvant le crime,
Il y rôde sans bruit,
Attendant sa victime,
Qu'il égorge — et s'enfuit. —

C'est un point sur la terre
Où tout vient aboutir,
Crimes, soupirs, mystère,
Lassitude et loisir.

Courbé comme une douve
Sous le poids de son dos,
Le voyageur y trouve
Un passager repos.

Le gros propriétaire,
D'un élan magistral,
Se hisse sur sa pierre
Pour monter à cheval.

Le souvenir y pleure
Bien des moments heureux
Qui s'en vont à toute heure
Dans le secret des cieux.

Et, pétri de tendresse,
Le poète à son tour
Y vient rêver sans cesse
D'espérance et d'amour.

XVI

INAUGURATION DE LA GARE

A PÉRIGUEUX.

Oui, notre siècle est grand, puisqu'en sa vaste route,
Quoique tout soit nié sur la terre aujourd'hui,
Cherchant la vérité pour terrasser le doute,
Il force le progrès à marcher avec lui.

Et le progrès peut seul régénérer le monde :
Il répand ses rayons comme la liberté ;
L'homme, instruit de ses droits à sa clarté féconde
Retrempe ses devoirs dans la fraternité.

C'est un fait palpitant, qu'une grande souffrance
Donne au peuple l'instinct d'un meilleur avenir ;
Et sur les vieux débris de l'antique ignorance
Il se penche pour voir quelque chose venir.

Comme on vit autrefois l'espérance infinie
Briller en Orient dans un astre immortel,
Sur sa trace attirés, les Mages d'Arménie
Prier avec ferveur en regardant le ciel,

Tel le progrès paraît, flamme non moins céleste,
Traversant l'univers que l'on sent tressaillir,
Et, pleins d'une ferveur que la raison atteste,
Les mondes éperdus y viennent s'assouvir.

Aussi bien, regardez cette joie unanime
Qu'aujourd'hui Périgueux verse et boit à longs traits !
N'est-ce donc pas ainsi qu'une pensée anime ?
En célébrant sa gare, il fête le progrès.

Car les chemins de fer sont de la Providence
Les plus actifs agents pour adoucir les mœurs,

Pour répandre l'amour, détruire l'ignorance
Et montrer du destin les divines splendeurs.

C'en est fait, désormais le Messie est en marche ;
Il ouvre des sentiers d'espérance embrasés,
Et l'horizon lointain, comme une nouvelle arche,
Flotte, majestueux, sur les flots apaisés.

C'est en vain qu'on suscite au progrès des obstacles.
Quand sur les pas du Christ se dressa le païen,
La race des faux dieux outragea ses oracles.
Qu'importe ! du combat naquit l'amour chrétien.

Sans doute, ce combat désole encor la terre ;
C'est toujours le nuage obscurcissant le jour ;
L'égoïsme et l'erreur soufflent sur la lumière,
Mais le progrès puissant les vaincra tour à tour.

Gloire soit donc rendue à l'antique Vésone
D'en ressentir si bien les germes chaleureux,
D'écouter en sa fête, où l'avenir rayonne,
Du travail qui se fait le pas mystérieux !

Elle est digne aujourd'hui de cet élan sublime ;
Jamais on ne lui vit une telle beauté ;
Dans les divers aspects que son ivresse exprime
Elle atteint la hauteur de la solennité.

Comme pour consacrer le sens qu'elle recelle,
Voyez-vous accourir, de ce sens pénétré,
L'écrivain de Paris, sève intellectuelle
Semblable au suc fécond par le germe attiré ?

Voyez-vous accourir Ministre des finances,
Magistrats, Sénateurs, couverts de dignités,
La jeune poésie, les arts et les sciences,
Tous les dons de l'esprit, toutes les sommités.

Voyez-vous accourir la Religion même,
Cette grande figure, et qui grandit encor
Lorsqu'elle vient bénir, de son divin baptême,
Du vaste esprit humain le formidable essor ?

Et la foule partout s'émeut, va, vient, s'élance,
Et le luxe étincelle aux balcons pavoisés ;

Et le canon éclate avec un bruit immense,
Et la cloche frémit dans les airs embrasés.

Tourny (*), resplendissant, retentit de fanfares,
La rivière s'allume et chasse au loin la nuit,
Les coteaux d'alentours brillent comme des phares,
Et la fusée au ciel en trait rapide fuit.

Quel tableau merveilleux ! quel spectacle superbe !
Où trouver rien qui soit plus imposant, plus beau ?
Ne sent-on pas ici comme un souffle du Verbe
Qui réveille Lazare au fond de son tombeau ?

Et toi, locomotive à l'ardeur sans égale,
Pour qui des spectateurs le cœur est si fervent ?

(*) Tourny est une des plus belles promenades des villes de province :
placée sur une vaste esplanade, elle domine une plaine fertile, bordée
elle-même de fertiles coteaux, et la rivière qu'on voit au loin poindre à
l'horizon de la vallée vient lentement couler à ses pieds, après avoir
serpenté dans un rideau de peupliers et d'aulnes. — Ce soir-là, elle
avait été illuminée avec une délicatesse de goût et une richesse de dé-
tail qui firent l'admiration de tous les gens pénétrés du sentiment des
belles choses.

Je te vois sur tes rails, ainsi qu'une cavale,
Ardente à te montrer plus prompte que le vent.

Tous les yeux sont fixés sur ta croupe qui fume,
Tes naseaux sont en feu, tu souffles, tu hennis,
Ton sabot bat le sol, ton frein est blanc d'écume.
Le signal est donné : rapide, pars et fuis.

Fuis ! au nom du progrès, traverse les campagnes,
Apprends aux paysans le sens de l'avenir ;.
Du fond de la Russie, aux confins des Espagnes,
Apprends aux nations le secret de s'unir.

Dis qu'un Dieu juste a fait le pauvre à son image,
Non pour le voir ramper au sein de la douleur,
Non pour qu'à chaque pas son cœur se décourage
Et se prenne à railler ses instincts de bonheur ;

Mais bien pour s'honorer dans sa propre existence,
Pour qu'il puisse sourire aux sueurs de son front,
Pour qu'il n'outrage pas le jour de sa naissance
Et s'en aille pleurer quand les autres riront.

Montre que la nature est loin d'être marâtre,
Puisqu'elle nous convie à ses enchantements ;
Qu'elle est comme une mère, assise auprès de l'âtre,
Couvant ses nouveaux-nés de ses embrassements.

Donne aux riches la paix, aux pauvres l'espérance,
A tous un doux foyer jusques au dernier jour.
Afin que l'univers, fatigué d'inclémence,
Vienne communier sur l'autel de l'amour.

C'est là ta mission ! elle est sainte, elle est belle !
Ton avenir sacré jamais n'y faillira,
Et tu ne peux un jour y devenir rebelle,
Car le progrès toujours, toujours t'y poussera.

XVII

LA PREMIÈRE LETTRE

—◦—

Ce soir je suis heureux, tout semble me sourire ;
    Je suis bien plus puissant qu'un roi ;
D'ineffables soupirs font résonner ma lyre,
    Et le pinson chante pour moi.

C'est pour moi que le ciel allume ses étoiles,
    Que le zéphir courbe les fleurs ;
Pour moi que les vaisseaux cinglent à toutes voiles,
    Et que l'aube rit dans ses pleurs.

C'est pour moi que l'enfant s'ébat à perdre haleine
    Dans le vallon qui reverdit ;
C'est pour moi que la caille, au milieu de la plaine,
    Cherche une place pour son nid.

Dans ce monde où, parfois, le cœur ose médire
Et se plaindre de sa douleur,
Tout s'égaie aujourd'hui, tout est bon, tout respire
Pour me fêter dans mon bonheur.

Aussi suis-je animé d'une immense tendresse ;
Je suis joyeux comme un beau jour ;
Et dans mon cœur ravi, qu'un souvenir caresse,
Je sens monter des flots d'amour.

J'aime le buisson vert et la source isolée,
J'aime la meute dans les bois,
J'aime la roche nue et la riche vallée
Que le printemps emplit de voix.

J'aime le laboureur, le parfum des bruyères
Qui se répand sur le coteau,
J'aime le son du cor, le chant des lavandières
Battant le linge au bord de l'eau.

J'aime aussi ce qui m'est le plus antipathique ;
J'aime un nez long, des yeux petits,

Le fat et le pédant, le courtaud de boutique,
    J'aime jusqu'à mes ennemis.

Ah ! j'ai là sur le cœur, heureux à faire envie,
    Le talisman d'un si beau jour ;
Et ce doux talisman, c'est d'une tendre amie
    La première lettre d'amour.

XVIII

LE TRAVAIL

—◇—

A peine les oiseaux entonnent-ils soudain
Dans les buissons fleuris leur matinal refrain,
Que l'humble travailleur, s'éveillant avec l'aube,
Reprend sa tâche ardue, où le destin l'englobe :
Aux champs comme à la ville, on entend chaque jour
Un long bruit d'atelier, de glèbe et de labour,
Qui fait du travailleur l'éternel tributaire
De toutes les sueurs dont se nourrit la terre.

Aux champs, — le laboureur, armé de l'aiguillon,
Creuse péniblement un fertile sillon,
Et féconde, au contact de son œuvre rustique,
Sous le pas de ses bœufs la richesse publique ;

L'habile vigneron, qui supprime avec art
L'abondance inutile et la met à l'écart,
Renforce du sarment la sève comprimée,
D'où s'échappe, du vin, la liqueur embaumée,
Qui promet à chacun, en pétillants éclats,
Un oubli passager des tourments d'ici-bas.
Ici, c'est la faneuse à la hanche mobile,
Tournant et retournant, avec la fourche agile,
L'herbe que le faucheur, d'un élan mesuré,
Sous sa vaillante faulx fait tomber dans le pré ;
Là-bas, dès le matin, c'est le bouvier qui mène,
Perdu dans le brouillard, le fumier dans la plaine,
Sifflant un air champêtre en avant de ses bœufs,
Les mains dans le gousset, le bonnet sur les yeux ;
D'autres sont occupés, dans l'eau jusqu'à l'aisselle,
A laver la brebis qui se secoue et bêle,
Et préparent ainsi, souvent à leur insu,
Les éléments futurs du plus riche tissu.
Voici, plus loin, le pâtre en la lande ou la friche,
Élevant des troupeaux pour la table du riche ;
Voilà le moissonneur sous un soleil de feu,
Des trésors de Cérès faisant plier l'essieu ;

Le vendangeur pressant la grappe dans la tonne,
Les charbonniers noircis aux vapeurs du carbonne,
Le bûcheron qui fend le bois pour nos foyers,
Le vanneur épurant le grain pour nos greniers,
Tous les durs pionniers de la terre asservie,
Dont la main entretient cette source de vie
Qui coule abondamment, sans trève ni sans fin,
Dans ce vaste océan qu'on nomme genre humain.

Émule des travaux qu'accomplit la campagne,
Dans tous ses ateliers que dès l'aube elle gagne,
La ville ébranle l'air de ses refrains joyeux
Et meut activement ses bras laborieux.
Écoutez ! le marteau sur l'enclume résonne,
L'étincelle jaillit en gerbe qui rayonne,
Et le fer transformé s'élance du brasier
- Pour aller garantir le sabot du coursier ;
Écoutez ! le métal crépite dans le moule,
Par ses mille tuyaux la fusion s'écoule,
Et des informes blocs qu'abrite le hangar
Sortent à l'infini des merveilles de l'art.
Ici, c'est le rabot glissant dans ses rainures,

Le maillet finement frappant ses découpures,
Pour exhumer, guidés par l'habile ouvrier,
Les meubles enfouis dans le flanc du noyer;
Là, c'est la scie aiguë activant ses losanges,
Le vif rouet scandant son rythme dans les franges,
C'est l'habile ciseau dont la précision
D'un chef-d'œuvre éblouit l'œil de Pygmalion.
Plus loin, voici le plomb revêtant cette forme
Qui fait que l'ignorance en savoir se transforme,
Et que la Liberté que la presse conquiert
Se dresse sur le monde au nom de Guttemberg.
Ailleurs, c'est le flint-glass et le calcul sévère
Dans le tube allongé combinant la lumière,
Et qui, prêtant à l'œil leur concours mutuel,
Permettent de sonder les profondeurs du ciel.
C'est encor le pinceau vivifiant la toile,
L'aiguille de l'aimant qui dirige la voile,
Dont le vaisseau rapide, à la vapeur soumis,
Fait du lointain New-Yorck un faubourg de Paris;
C'est aussi l'humble dé; c'est la truelle habile,
Et l'alène cambrée, et la navette agile,
Tous les agents féconds des métiers et des arts

Dont la force épandue à flots, de toutes parts,
Active le progrès dans sa marche immortelle,
Et du monde attentif, accomplissant le vœu,
Mieux que le vieux Jacob déroulant son échelle,
Sur l'aile du travail s'élève jusqu'à Dieu.

S'il revient à chacun sa part de jouissance,
Du fruit de ces labeurs quelle est la récompense ?
L'homme n'est méritant que par le bien qu'il fait ;
Et le Travail ressemble à la source de lait
Qui coule abondamment du sein de notre mère ;
De tous temps, ses efforts, qu'il cultive la terre
Ou change les métaux en mille aspects divers
En semant ses sueurs, fécondent l'univers.
Que serait un pays privé de cette sève
Qui dans les vieux rameaux de l'arbre humain s'élève,
Y ranime l'amour, la pureté des mœurs,
Et des nobles vertus y fait germer les fleurs ?
Ministre des devoirs que le ciel nous impose,
Dans la paix de nos cœurs le Travail nous repose ;
Il est le contre-poids de cette oisiveté
Prompte à donner le change à la félicité,

Et qui, grâce au Travail, dans son luxe inféconde
Des devoirs qu'elle vend ne peut priver le monde...
Qu'il soit donc honoré ce travail si divin !
Qu'il trouve le repos au bout de son chemin !
Que de ses cheveux blancs l'auréole sublime
Attire à ses vieux jours le respect et l'estime !
Qu'il puisse largement la vider à son tour
Cette coupe où sa main verse des flots d'amour,
Et jouir sans soucis d'une paisible aisance,
Comme il peut, sans remords, sonder son existence!...
Mais que dis-je? voyez ! lorsqu'il revient des champs
Ou de ses ateliers encor pleins de ses chants,
De soins réparateurs le seuil est-il prodigue ?
Inondé de sueurs, courbé par la fatigue,
Trouve-t-il le sourire et la paix au logis ?
Du pain bis, de bons mets, sur la table servis ?
Une bûche au foyer, des draps blancs dans sa couche ?
Et du vin généreux pour la soif de sa bouche ?

O profonde injustice ! ô droits trop décevants !
Dans un mauvais taudis ouvert à tous les vents,
Rien n'est plus désolé que son âpre cuisine,

Si ce n'est son sommeil au sein de la vermine.
La misère souvent, pour comble de malheur,
De sa famille, hélas ! a refroidi le cœur !
Nul ne viendra presser sa main laborieuse ;
On croirait déroger ; elle est rude et calleuse ;
On veut bien s'en servir, mais non pas l'honorer :
Pourtant, au bien qu'il fait, il devrait l'espérer.
Tout lui manque à la fois ; l'amour paternel même,
Si doux dans les espoirs qu'on fonde en ceux qu'on aime,
Éveillant, pour les siens, la peur de l'avenir,
D'un sujet d'espérance, il ne peut que souffrir.
Si, parfois, inspiré par sa bonne nature,
Il s'immole au bonheur de sa progéniture,
Un beau jour, au mépris d'un noble sentiment,
L'oubli le plus ingrat trompe son dévoûment,
Et le pauvre vieillard, honni de sa famille,
Méprisé des puissants et traînant la guenille,
Va, le sac sur le dos, dans quelque carrefour,
Mendier tristement le pain de chaque jour ;
Ou, s'il peut se plier à cette discipline
Qu'inventa l'égoïsme en sa triste officine,
On le voit, obligé de mâter sa fierté,

S'entasser au dépôt de la mendicité !

Voilà quelle est, hélas ! son existence entière :

Vivre pour être utile et mourir de misère ;

Dans ce siècle pervers que le vice a rongé,

Cet affligeant tableau n'est nullement chargé...

Le cheval décharné, qui n'a pour nourriture

Après un dur labeur que la maigre verdure

Qu'il tond paisiblement sur le bord des chemins,

N'est-il pas du Travail le désolant emblème,

Du Travail qui ne peut se suffire à lui-même

Et tourne d'Ixion les éternels destins ?...

Cependant pour avoir, par le droit de la guerre,

Ravagé sans pitié la malheureuse terre ;

Pour avoir, de discours qui n'en finissaient pas,

Pétri des lois-Protée en d'ennuyeux débats ;

Pour avoir bien souvent, par des moyens stériles

Qu'empanachait l'orgueil, administré des villes,

On a reçu des croix, des places, des honneurs,

Et de tous les encens respiré les vapeurs.

Ce n'est pas que ma plume, avide de justice,

Dédaigne le soldat qu'honore son service,

Ni le législateur coordonnant nos droits,

Qui dote son pays de salutaires lois ;

Ni l'administrateur dont l'âme paternelle

S'émeut des intérêts que sa ville recelle :

Non, non, je les bénis ; je les porte en mon cœur,

Lorsqu'à l'amour du bien, consacrant leur valeur,

Leur esprit, leur savoir et leur intelligence,

De l'intérêt public ils prennent la défense...

Mais qu'un César romain, plein de sa majesté,

Déchaînant ses instincts contre l'humanité,

Traîne des légions dans le sang qui ruisselle,

Et pour faire admirer sa gloire personnelle

Ravage sans raison ou le Nil ou l'Euxin

Et soumette à son joug le Parthe et le Germain ;

— Que de mauvais rhéteurs, qu'inspire l'arrogance,

Pour montrer leurs talents remplis de suffisance,

Jabottent sur le droit qu'ils appellent romain,

Et façonnent des lois qu'ils déferont demain ;

— Qu'un maire ou qu'un préfet, guidé par l'égoïsme,

Exploite à son profit un prétendu civisme,

Et donnant à ses plans un frauduleux éclat,

Se fasse un marche-pied de son apostolat !... —

J'aime mieux le Travail, si digne, si modeste,
Qui, loin de provoquer aucun penchant funeste,
Entretient dans le cœur, au sein de ses bienfaits,
Le sentiment de l'ordre et l'amour de la paix...
Ah ! si j'avais au front un puissant diadème
Et que récompenser pour moi fut un système,
(J'aimerais mieux pourtant que chacun fit le bien
Par simple dévoûment comme un humble chrétien,)
Sans doute, mon pouvoir serait toujours propice
Au soldat qui se bat au nom de la justice,
Comme au législateur dont la puissante voix
L'inculque dans nos mœurs ainsi que dans nos lois ;
Et je n'oublîrais point le plus petit des maires,
Qui, dans ses fonctions humbles et secondaires,
De l'esprit de justice étendant les rameaux,
Les ferait reverdir jusqu'aux moindres hameaux.
Mais il est une chose encor plus méritante,
Pour laquelle mon âme est si reconnaissante
Qu'avant tout je voudrais, prodiguant mes faveurs,
A sa lèvre attacher la coupe des honneurs.
Devant elle, les grands inclineraient leurs têtes,
Les villes, pour son dogme, institueraient des fêtes,

Les peuples affranchis lui souriraient d'amour,
Et le barde, voulant l'honorer à son tour,
Élèverait son front jusqu'à l'apothéose...
— Voilà mon plus beau rêve, — et cette sainte chose
Qui flotte de nos jours sans but, sans gouvernail,
Je le dis hautement, ce serait le Travail.

Et j'en suis convaincu par tout ce qui m'entoure,
La science du bien, que le progrès laboure,
Ne réalisera ses bienfaits sociaux
Que si, reconnaissant la cause de nos maux,
Elle donne à chacun selon le vrai mérite,
Purge le sol humain de l'herbe parasite,
Et que s'il tombe enfin des faveurs de son flanc,
Le Travail, au front pur, y puise au premier rang.

XIX

LA CLOCHE

—

Quand l'airain vibre dans l'espace,
J'écoute, et mon orgueil se tait :
Dieu m'apparaît, l'homme s'efface,
Mon cœur ému prie en secret.
En ce moment, l'esprit s'abîme
En des espoirs mystérieux ;
La cloche, avec sa voix sublime,
Rapproche la terre des cieux.

Empreints d'une douce tristesse,
Ses accents font couler mes pleurs,
Et me remplissent de tendresse,
Comme l'amour dans nos douleurs.

Un vague instinct qui la ranime,
Transporte l'âme en d'autres lieux.
La cloche, avec sa voix sublime,
Rapproche la terre des cieux.

Nul ne saurait rester sceptique,
Nul ne saurait rester méchant
A cette voix mélancolique
Qui vibre en nous comme un doux chant.
Dans un recueillement intime,
Le cœur devient bon et pieux.
La cloche, avec sa voix sublime,
Rapproche la terre des cieux.

Quand l'homme naît à la lumière,
Elle dit : — Seigneur, bénissez, —
Et lorsqu'il meurt, sur sa poussière,
Elle dit : — Seigneur, absolvez.
La terre reçoit sa victime
Toujours sur l'aile de saints vœux.
La cloche, avec sa voix sublime,
Rapproche la terre des cieux.

XX

UNE COMPAGNE DE LA VIE

Que l'enfant sourie au berceau,
Ou qu'il joue avec le cerceau,
Aussitôt que son cœur désire,
Une ombre, au front joyeux et frais,
Vient au devant de ses souhaits,
Gracieuse comme un sourire.

Lorsque, jeune homme, il sent son cœur
S'emplir, comme s'emplit la fleur,
De parfums et de poésie,
Fidèle au culte de l'amour,
L'ombre, en sa lèvre, chaque jour,
Vide la coupe d'ambroisie.

Et si d'immortelles douleurs
Changent alors sa joie en pleurs,
S'il veut mourir pour une femme,
La vision, loin de s'enfuir,
Berce en riant, pour l'endormir,
La blessure de sa pauvre âme.

Plus tard, lorsqu'à l'âge viril,
Traitant l'amour de puéril,
L'homme ne songe qu'aux richesses,
L'ombre, du milieu des comptoirs,
L'emporte au faîte des espoirs
Sur l'aile d'or de ses promesses.

Mais si la Ruine en chemin
L'arrête ainsi qu'un mur d'airain
Et que son cœur se décourage,
L'ombre lui dit : — Marche toujours,
Plus loin se lèvent de beaux jours,
Marche, marche, reprends courage.

Il n'est pas jusques au vieillard
Dont le fantôme au doux regard

Ne comble l'âme inassouvie :
De son doigt lui montrant les cieux,
Il recule au gré de ses vœux
Les vieilles bornes de la vie.

Partout où le cœur ici-bas
Marque l'empreinte de ses pas
Par un soupir d'inquiétude,
Partout où l'homme, jeune ou vieux,
Cherche le secret d'être mieux,
Dans le monde ou la solitude,

Qu'il vive au milieu des palais,
Remplis d'innombrables valets
Dont l'avide essaim l'environne ;
Qu'il agonise au carrefour,
Après avoir tout un grand jour
En vain sollicité l'aumône ;

Qu'il sente un désir insensé
Étreindre son cœur empressé
De croire aux choses les plus folles ;

Ou que, fatigué de pleurer,
Il se surprenne à murmurer
Un jour de sinistres paroles ;

Fût-il proscrit de son pays,
Traînant, bien loin de ses amis,
Le lourd fardeau de ses tristesses ;
Fût-il accablé de dégoût
De voir l'amour, comme un égoût,
Charrier des flots de bassesses ;

Toujours, à l'heure où le destin
Accroche aux ronces du chemin
Un lambeau de son existence,
Pour le sauver du sombre ennui,
L'ombre vient au-devant de lui,
Et cette ombre, c'est l'Espérance !

XXI

AFFLICTION

—◇—

Heureux celui qui croit au céleste destin,
Regardant l'avenir d'un œil toujours serein,
Quelque pesant que soit le poids de sa souffrance !
Dont le cœur pénétré du bonheur des élus,
Loin de fatiguer Dieu de griefs superflus,
Attend patiemment l'heure de délivrance !

Mais, hélas ! combien peu se résignent ainsi !
Le silence du cœur en accroît le souci ;
Se plaindre est un besoin de notre âme en détresse ;

Et chacun dans la vie exhale ses sanglots,
Comme un ruisseau lointain murmure avec ses flots,
Sur un lit de cailloux, sa plaintive tristesse.

L'un s'écrie : — O mon Dieu ! l'on a souillé mon front;
J'ai semé des bienfaits, j'ai récolté l'affront :
Esprit de charité, faut-il donc te proscrire ? —
— Que parlez-vous d'ingrats, dit l'autre en gémissant ?
Ma chair est en lambeaux, je fais peur au passant;
Quels tourments, quel supplice égalent mon martyre ?

Derrière ses barreaux, j'entends le prisonnier,
Moins à plaindre peut-être encor que son geôlier;
L'orphelin au berceau rappelle en vain sa mère,
L'indigent soucieux s'en va de seuil en seuil,
La jeune épouse pleure, et les vierges en deuil,
Dans leurs seins déchirés, font gémir la prière.

— Qu'on me laisse mourir ! dit d'un accent éteint,
Gilbert, sur son grabat que la misère étreint ;
Que m'importent mes jours, sans espoirs, sans ivresses ?

— Et toi, cœur désolé, reprend Werther, pourquoi
Tant d'inutiles pleurs? Pauvre lampe, éteins-toi
Comme une flamme vaine au souffle des tristesses ! —

Combien de cris encore, ô plaintive Sion !
Dans ses calculs déçus gronde l'ambition !
L'esclave ronge un frein teint du fiel de sa haine,
Et sur le champ de guerre où le vautour s'abat,
La gloire, aux pieds sanglants, mêle au bruit du combat
Le râle des mourants étendus dans la plaine.

Sort cruel ! rien n'est donc à l'abri de tes coups ?
Tu fais même trembler les rois, quand le courroux
De leur peuple se lève avec de sourds murmures ;
Et le peuple, à son tour, ou vainqueur ou vaincu,
Ne sachant de quels droits il s'était convaincu,
Retombe, après ce bruit, dans les mêmes tortures.

Oui, tel est le destin ! Depuis Job au désert
Accusant l'Éternel de ce qu'il a souffert,
Jusqu'au pauvre poète éteint dans la misère ;

L'heureux, l'infortuné, les faibles et les forts,
Que le cœur soit intègre ou qu'il ait des remords,
Tout souffre, tout gémit, tout se plaint sur la terre.

Concert universel de pleurs et de soupirs,
Quelle est ta raison d'être ? et pourquoi nos désirs
Forment-ils dans la vie un éternel supplice ?
Pourquoi, nouveau Tantale, altéré de bonheur,
L'homme, s'il veut tremper sa lèvre en la liqueur,
La voit-il s'abaisser aux parois du calice ?

Lorsque, objet désiré, l'enfant a vu le jour,
Il est comblé de soins, de baisers et d'amour :
Sa mère veut qu'il soit heureux, quoi qu'il en coûte.
Mais l'homme est entouré de dégoût et d'ennui,
Et Dieu qui lui devait, plus que sa mère, appui,
Le laisse, sans pitié, dans la nuit de sa route.

Qu'ai-je donc fait, dit-il, pour être malheureux ?
Dieu cruel, si je suis intègre et vertueux,
Pourquoi me maltraiter ainsi que le coupable ?

Et dans tous mes instincts, jouet de ton pouvoir,
Si je suis criminel, l'étant sans le vouloir,
Au nom de quelle loi m'en rends-tu responsable ?

T'ai-je prié jamais de me donner le jour ?
Si la vie est un pacte entre nous, sans retour,
N'avais-je pas le droit d'y souscrire d'avance ?
Pour m'engager ainsi, quand m'as-tu consulté ?
Eussé-je aveuglément, sans réserve, accepté
Ce fardeau de malheur, de honte et de souffrance ?

Il fallait me laisser dormir dans mon néant
Cet éternel sommeil, ou bien, en me créant,
Me faire de la vie une riante fête :
Tout don doit profiter à celui qui reçoit,
Pour qu'il soit un bienfait, — et cependant mon toit
Flotte seul, incertain, battu par la tempête.

Encor si notre cœur, sans notions du bien,
N'avait nul souvenir, et qu'il ne sentît rien
Qui lui fît rechercher l'amour de la justice !

Mais non, il faut, hélas ! naître avec la raison,
Afin de mieux sentir, sombre combinaison,
Nos incessants dégoûts dont le ciel est complice.

Comme un guide surpris en d'horribles climats,
Frémit de voir s'ouvrir l'abîme sous nos pas
Sans pouvoir écarter la mort qui nous menace,
La raison, au contact de ce monde éhonté,
Ne pouvant nous soustraire à la réalité,
S'irrite, se révolte et se voile la face.

Qu'y voit-elle, en effet ? La tourbe des méchants,
Hideux troupeau de loups qui dévastent les champs,
Inonde cette terre où sa fureur s'installe :
Le sage est bafoué pour le but qu'il poursuit,
Le traître, élaborant sa ruse dans la nuit,
De ses complots furtifs guette l'heure fatale.

La parole est donnée à l'homme pour mentir,
L'esprit pour dénigrer — et le cœur pour souffrir ;
La vertu se débat sur le lit de Procuste,

Le fourbe est honoré, l'homme loyal honni,
Et loin de ses foyers Aristide est banni
Par un peuple lassé de l'appeler le juste.

Les jours s'en vont pesants comme des chariots,
Chacun de leurs soleils n'a plus que des sanglots
Dont le nécessiteux arrose son pain morne.
Et la mère, tremblant pour le fruit de son sein,
Plus tendrement l'embrasse en voyant l'orphelin
Attendre, l'air pensif, au coin de quelque borne.

Où trouver un ami qui vous tende les bras?
Un désir, un souhait qui ne nous trompe pas?
Une compassion aussi douce que vive ?
Plus prompts que les oiseaux à l'aspect du vautour,
Les rêves, les amis s'envolent tour à tour,
Au moindre cri poussé par notre âme plaintive.

Que d'éléments d'horreur agitent le destin !
Dans cet arcane impur, l'alchimiste divin
Comme un poison a-t-il jeté la conscience ?

Si malgré la droiture on ne peut échapper
Aux maux dont chaque jour l'homme se sent frapper,
Qui donc en accuser, sinon la Providence ?

Mais que dis-je ! insensé qu'aveugle la douleur,
Pourquoi ces désespoirs, blasphêmes de l'erreur ?
Ne sens-tu rien en toi qui ravive et console ?
L'homme peut succomber à force de souffrir ;
Mais tant qu'il est debout il peut encor guérir
Et contempler du ciel la splendide coupole.

Si tu veux alléger le poids de ton fardeau,
Chasser les visions qui troublent ton cerveau,
Au lieu de blasphémer, de gémir, de maudire,
Élève vers ton Dieu ta pensée et ton cœur !
De ses desseins cachés sonde la profondeur,
Livre mystérieux où toute âme peut lire.

Crois-tu donc que Celui qui fait mouvoir les cieux,
Trembler Léviathan, si fort, si monstrueux,
Réjouir le pinson, murmurer un calice,

Ne sait pas ce qu'il fait ? et que, maître du mal
Et du bien, il a pu, comme un hasard fatal,
Laisser aller la vie au gré d'un vain caprice ?

Souviens-toi qu'à sa voix le soleil resplendit,
La terre se féconde et le méchant pâlit,
Que la foudre, en grondant, éclate dans la nue,
Et qu'étant si puissant, il est la vérité,
La justice, l'amour, et qu'enfin sa bonté
Se lève pour chacun lorsque l'heure est venue.

Pense ainsi de ton Dieu, tes chagrins s'enfuiront,
Le sourire et la paix à tes yeux renaîtront,
Une lampe d'espoir éclairera ton ombre,
Tes maux, évanouis comme un nuage impur,
Laisseront derrière eux un horizon d'azur,
Et ton cœur oublîra jusqu'à leur trace sombre.

Car l'espérance en Dieu, qui peut, dans un combat,
Par la main de David, triompher de Goliath;
Cet appui souverain de la faiblesse humaine,

Donne aux cœurs affligés, comme un baume divin,
Avec la foi, qui montre en riant le chemin,
La Résignation, cette vertu chrétienne.

XXII

L'AZUR

—◇—

S'il avait une jeune amie,
Paul-Émile voudrait qu'elle eût de blonds cheveux,
L'âme dans le rêve endormie,
Qu'elle eût le teint bien blanc et surtout des yeux bleus.

L'azur est la couleur qu'il aime;
C'est là couleur des yeux de l'ange Gabriel,
Et l'on dirait que Dieu lui-même
La préfère, puisqu'il s'en voile dans le ciel.

— Voyez, dit-il, si la nature
Ne la prodigue pas dans son splendide écrin,

Si les ruisseaux, à l'onde pure,
Ne la reflètent pas tout entière en leur sein?

Et lorsque l'enfant, pour sa mère,
S'en va cueillir aux champs de printaniers bouquets,
Les fleurs qu'il recherche et préfère
N'est-ce pas, dites-moi, n'est-ce pas les bluets?

Tout dans la nature décelle
Sa prédilection pour la couleur de l'air,
Depuis la vive demoiselle
Sur le bord des étangs, jusqu'aux flots de la mer.

Lorsque les mages d'Arménie
Traversant le désert accouraient vers leur Dieu,
Sur leur épaule rajeunie,
Au souffle du zéphir flottait le manteau bleu.

Et puis, aux fêtes de l'octave
D'où s'élève un parfum qui flotte frais et pur,
Des vierges au regard suave
Portent, les yeux baissés, des bannières d'azur.

Que le soleil dans la rosée
Se baigne dès l'aurore avec l'éclat du ciel,
Combien chaque perle irisée
Fait au sein des gazons miroiter d'arcs-en-ciel !

Oh ! oui, l'azur sur cette terre
— Où l'homme si souvent compte de tristes jours —
Est un symbole de mystère,
D'innocence, de grâce et de chastes amours.

Je sais, ajoute-t-il, au monde,
Deux yeux bleus languissants, tendres comme une fleur ;
Je donnerais le ciel et l'onde
Pour attirer, moi seul, leur humide langueur.

XXIII

LA CIGALE ET LA FOURMI

—◇—

A M. A. DE LAMARTINE.

—◇—

Comme la charité dans notre cœur ramène
L'amour que l'égoïsme en avait rejeté,
La joyeuse cigale en la branche du chêne
Ramène dans les champs les beaux jours de l'été.

A sa voix, le sillon écoute avec délice,
L'écho reste muet de peur de la troubler,
La fleur suspend son souffle au bord de son calice,
Le ruisseau fugitif a cessé de couler.

10

La caille endort au loin ses hymnes de tendresse,
Les blés, sous les zéphirs, ondulent à longs flots,
Le bois silencieux se remplit de paresse,
Le raisin épampré rougit dans les enclos.

La sève ralentie, en fruits mûris se change,
Et l'horizon s'empourpre aux lèvres des couchants,
Et sur la gerbe d'or le moissonneur échange
Avec l'insecte aimé de sympathiques chants.

C'est une de ces voix qu'aime la Providence ;
Précurseur des beaux jours, elle en est tout l'espoir ;
Au sol qui la créa pour bénir l'abondance,
Elle donne ses chants pour n'en rien recevoir.

Mais la fourmi rapace, emblème de l'usure,
Qui sort sournoisement un jour on ne sait d'où,
Va partout rapinant au sein de la nature,
Et d'obliques larcins remplit son vilain trou.

A son aspect, l'oiseau tremble pour sa nichée,
Le grenier pour son blé, la ruche pour son miel,

Les arbres pour leurs fruits sur la branche penchée,
Les jardins pour leurs fleurs où se mire le ciel.

La convoitise allume au sein des nuits ses phares,
Et le lucre effronté rame en plein dans l'orgueil,
Et l'amour de soi-même embouche ses fanfares,
Et l'amour du prochain s'enveloppe de deuil.

Tel, des nuits le désert boit la fraîcheur humide
Sans laisser en retour rien germer en son sein,
Telle, de la fourmi, l'œuvre sombre et cupide,
Sans cesse absorbant tout n'ouvre jamais la main.

C'est, dans ce siècle dur, la hideuse formule,
Qu'un jour le vieux Dupin, sans vergogne et sans foi,
Osa prôner du haut de la chaise curule,
En ces termes : — Chacun chez soi, chacun pour soi.

Et lorsque, tout enfant, je lisais Lafontaine,
Au lieu de plaindre alors la cigale en son sort,
J'admirais la fourmi de ses trésors si vaine,
Se montrant pour autrui d'un si sévère abord.

Je me disais : — Pourquoi la cigale emprunteuse
Chante-t-elle toujours sans prévoir l'avenir ?
Pourquoi, puisque du sort la chance est si douteuse,
Contre les mauvais jours ne pas se prémunir !

Et pourtant j'aimais mieux, dans ma candeur extrême,
En classe, l'écolier prodigue qu'inhumain;
Et dans mes actions, l'opposé de moi-même,
Avec le gai pinson je partageais mon pain.

Ah ! combien ma raison, à mon penchant unie,
Reconnaît maintenant mes erreurs d'autrefois,
Et combien je préfère à la fourmi haïe
La cigale qui chante en l'épaisseur des bois !

C'est que, par le concours de pensers qui s'enchaînent,
Sans confondre la muse avec d'âpres accords,
Mon esprit recueilli, que vos chants rassérènent,
Entre l'insecte et vous aime à voir des rapports.

Oh ! oui, quand vous chantiez, poète si sublime,
L'amour au fond du cœur comme une fleur s'ouvrait;

La foi, se dégageant des nuits du noir abîme,
Comme un soupir des bois vers le ciel s'élevait.

Semblable au champ de blé qui mûrit dans la plaine,
Le champ de la pensée étalait ses trésors,
Et fouillant ses sillons l'âme avide et sereine
Y moissonnait en paix les plus chastes transports.

Et l'esprit déployait ses richesses royales,
Et l'espoir rayonnait dans le mirage en feu,
Et le rêve montait, comme au chant des cigales,
L'été, sur les moissons, monte l'horizon bleu...

Mais lorsque, interrompant vos saintes poésies,
Vous voyez le besoin attrister vos vieux jours,
Et, pour le conjurer, de nobles sympathies
Solliciter pour vous de généreux secours,

Le monde renfermé dans son indifférence,
— Surtout celui qui fut sauvé par vous jadis —
Semblable à la fourmi sordide en l'opulence,
Regarde vos douleurs du haut de son mépris.

— Que faisiez-vous, dit-il, dans la littérature ?
Il fallait enfouir, penser au lendemain :
Ce qui nourrit la chair n'est pas un vain murmure ;
Allez, mon beau chanteur, passez votre chemin. —

Alors, ainsi qu'un nid que la fourmi ravage,
L'été, dans le buisson que la brise a séché,
Le cœur qui se croyait à l'abri de l'orage,
Sous le culte du *Moi* se trouve desséché.

Tout craque, tout se rompt et tout se décompose ;
Sur nous passe un frisson comme un souffle fatal ;
Le vermisseau repu s'accroupit sur la rose,
L'homme vendant sa chair s'en fait un piédestal.

Voilà donc l'évangile, à la source si pure,
Se tarissant au vent de la cupidité !
Voilà donc, sous le ciel, l'immortelle nature
Pleurant le culte saint de la fraternité.

Voilà donc le poète ainsi que la cigale,
Symboles de l'amour, honnis par les Crésus ;

La justice d'en haut, cette vierge au front pâle,
En frémit de douleur dans le sein de Jésus !...

Eh bien ! après ? L'amour doit-il donc se proscrire,
Quoique le genre humain semble s'en faire un jeu?
Le poète éperdu doit-il briser sa lyre,
Laisser mourir en lui l'étincelle de Dieu ?

Vaut-il mieux qu'il s'abrite à l'ombre de lui-même
Pour son propre repos, qu'ombrager le chemin ?
Vaut-il mieux qu'il renonce à son hymne suprême,
Qu'endormir en chantant la douleur du prochain ?

Sans doute, pour celui que séduit l'apparence,
L'égoïsme est un fruit d'une douce saveur,
Lorsque la charité, respirant la souffrance,
Est un rameau tombé de l'arbre de douleur.

Mais pour l'humble rêveur qui sonde toutes choses,
Qui sait comment nos vœux sont souvent déjoués,
Dans les cœurs sans amour, que de plaisirs moroses,
Que d'intimes douceurs dans les cœurs dévoués !

Non ! il a beau couver, avide, ses richesses,
Gravir des dignités les plus hautes splendeurs,
L'égoïste jamais ne comprendra l'ivresse,
L'ivresse que l'amour fait naître dans nos cœurs.

Qu'importe que parfois quelque valet l'encense?
Que la joie en son front grimace un air vermeil?
Quelque chose lui manque ainsi qu'à la semence
Qui possède la terre et n'a pas de soleil.

Il ne sait pas aimer et personne ne l'aime ;
Chaque aspect de ses jours lui sourit et lui ment ;
N'ayant que des jaloux, la fortune elle-même,
Espoir de ses vieux jours, en est le châtiment.

C'est une lampe d'or où s'éteint la lumière,
C'est un char dépourvu de timon et d'essieu,
C'est l'autel sans la foi, c'est l'amour sans mystère,
C'est la fleur sans printemps, c'est le foyer sans feu.

Combien il vaut donc mieux aimer en ce bas monde,
S'abreuver au courant de l'humble charité,

Apaiser, lorsqu'on peut, quelque douleur profonde,
Et se doubler ainsi par la fraternité !...

Comme l'aube répand sa rosée abondante,
Et la change en parfums dans la coupe des fleurs,
Puis reprend ces parfums à la coupe odorante
Pour s'imprégner sans fin de ses propres faveurs;

Ainsi du cœur aimant la tendre bienveillance
Épanche sur autrui l'espoir et l'enjoûment,
Puis retourne vers nous sur l'aile du silence
En doux parfums de joie et de contentement.

Oh! non — rien n'est plus doux que le bien qu'on procure!
Un front qui nous sourit élève notre cœur ;
L'amour pour le prochain, où notre âme s'épure,
Nous donne l'avant-goût du suprême bonheur.

Allez, chantez encor, cigale, et vous poète,
Proclamez de l'amour l'antique majesté ;
Dieu bénit votre voix parce qu'elle reflète
Un rayon méconnu de sa divinité.

Laissez les vieux Crésus se plonger dans leur onde,
La fourmi dans son trou qui ne voit pas le jour.
Votre part est toujours la plus belle en ce monde,
Ils n'ont que leurs trésors, et vous avez l'amour.

ÉTUDES DE FEMMES

XXIV

LA GRISETTE

I

Sur le penchant d'une colline
  Que domine
Un taillis au feuillage épais,
  Le silence,
Comme un berceau que l'on balance,
Répand une suave paix.

C'est un dimanche. — L'eau pesante,
  Là, dormante,
Coule à peine au pied du coteau ;
  Sur la terre,
Juillet, brûlant comme un cratère,
Étend son flamboyant manteau.

Il est midi. — Dans la nature
        Nul murmure ;
L'oiseau plonge son bec muet
        Sous son aile,
La fleur en silence recelle
L'insecte nacré qui se tait.

Moins doux est le souffle du rêve
        Qui s'élève
Du sein des innocents berceaux,
        Que l'haleine
Du zéphir soupirant à peine
Sous les ombrages des rameaux.

Tout dort : l'écho, paresseux hôte,
        Dans la grotte,
Le poisson sur le flot vermeil,
        La nacelle
Au tronc du bouleau qui la scelle,
Le petit lézard au soleil....

Mais tout à coup des voix joyeuses
        Et rieuses

Retentissent au fond du bois....
                Le silence,
Répandant sa molle influence,
Augmente encor l'éclat des voix....

Qui donc trouble ainsi cet asile
                Si tranquille ?
Qui vient exhaler ces transports
                D'allégresse,
Quand, sous le poids de la paresse,
La vie engourdit ses essors ?

Est-ce les sveltes naïades,
                Des cascades
Buvant la source et s'y plongeant,
                Dont la hanche,
Au sortir de la source, épanche
De nombreuses gouttes d'argent ?

Ou les jeunes Sylvains qui sifflent
                Et persifflent
Bercés aux branches d'un tronc noir ?
                Ou Narcisse

Méprisant Echo qui se glisse
Sur ses pas sans se laisser voir ?

Est-ce Pan, aux jambes de chèvre,
Dont la fièvre
Poursuit la nymphe du Ladon ?
Est-ce encore
Diane et sa meute sonore,
Ou Psyché cherchant Cupidon ?...

— Non — Ce sont de jeunes grisettes
Mignonnettes,
Avec des rubans aux cheveux,
Et, près d'elles,
Leur promettant d'être fidèles,
Les sempiternels amoureux.

Lorsque la champêtre alouette
Interprète
Le gai réveil de l'aube aux champs,
Elle chante,
Puis se tait, et puis plus ardente
Recommence encore ses chants.

Tel on entend le caquetage,
Sous l'ombrage,
Des jeunes couples dont la voix,
Tantôt vive,
Tantôt dolente ou fugitive,
Fait palpiter le fond du bois.

Riez, chantez, belle jeunesse,
Le temps presse ;
Savoir aimer, savoir jouir,
C'est là vie ;
Que votre âme un jour assouvie
N'ait nul remords du souvenir.

Voyez déjà l'heure qui sonne !
Elle ordonne
D'interrompre ces doux instants....
O Cythère !
Que n'a-t-on créé sur la terre
Un dieu pour arrêter le temps !...

Il faut partir, car l'heure passe —
On s'embrasse.

— Adieu, chère. — Adieu, mon Edmond. —
　　　L'on se quitte,
Puis l'on revient. — Partir si vite ! —
Mais dimanche ils se reverront.

Edmond au bas de la montagne
　　　Accompagne
Sa mie en lui pressant les doigts ;
　　　Et la belle
S'échappe enfin et va chez elle...
L'amoureux rentre dans le bois.

Combien la jeune pécheresse
　　　Court, se presse
Pour rentrer plus vite au logis !
　　　Moins rapide,
Devant le nez du chien avide,
S'esquive l'agile perdrix.

Que vont vous dire, ô jeunes filles,
　　　Vos familles ?
L'orage va-t-il éclater ?
　　　Mais qu'importe !

Un bonheur secret vous transporte :
Le bonheur sait tout supporter.

En effet, voici votre mère,
      L'air sévère ;
Il vous faut payer de maintien.
      Qu'on la touche
Par un air de Sainte-Nitouche.
Approchez... yeux baissés... c'est bien.

La mère dit : — Eh bien ! mes belles
      Péronelles,
D'où vient-on?... — Mère... — Dites vrai?...
      — De la messe...
— Vous mentez !... — Et, rouge, elle presse
Dans sa main le manche à balai.

— De la messe !... Et c'est là la cause,
      Je suppose,
Qu'on a le teint si basané,
      Cette mine
Qui dit bien plus qu'on ne devine,
Et ce bonnet tout chiffonné ?

De la messe !... Et ces plis qu'étale
La percale
De vos robes ?... Voyez un peu
Ce brin d'herbe
Pris dans vos chignons !.. C'est superbe !
Vous avez dû bien prier Dieu !...

Que dire ?... — On garde le silence
En présence
De cet incident imprévu...
Puis on pleure...
Rien n'est plus à propos à l'heure
Où l'on est pris au dépourvu.

— Je sais ce qui me reste à faire,
Dit la mère,
Pleurez, pleurez. Ah ! sur ma foi,
Je le jure,
Si grand qu'en soit votre murmure,
Vous ne sortirez plus sans moi.

Bientôt s'accomplit la menace :
Sur la place,

A la messe, à leur atelier,
    Comme une ombre,
Partout la mère, au regard sombre,
Les poursuit pour les surveiller.

Aussi, combien dans le ménage
    Leur ouvrage
Se ressent-il de leur humeur !
    On soupire,
On boude, et toujours sans rien dire
On obéit de mauvais cœur...

Déjà l'autre dimanche approche.
    Quel reproche
Si l'on manquait au rendez-vous !
    Mais que faire ?
La surveillance est si sévère !
Comment prévenir les jaloux ?

C'est un supplice insupportable !...
    Mais la fable
Apprend qu'Argus gardait Io. —
    Or, Mercure

L'endormit. — Depuis l'aventure,
Argus n'est qu'un pauvre zéro.

C'est là d'où vient que la grisette
    Se sera faite
Io. — Mercure, c'est l'amour.
    Quant à l'autre,
Argus, c'est ma mère ou la vôtre,
Qu'un enfant trompe chaque jour.

Voyez plutôt ! Comme dimanche,
    On épanche
Aujourd'hui dans le bois épais,
    Mêmes rires,
Mêmes chansons, mêmes délires,
Mêmes propos riants et frais.

Seulement, ces voix de calandres
    Sont plus tendres.
— L'obstacle aiguillonne le cœur ; —
    On raconte
Ce qu'on a fait, ce qu'on affronte,
Et cela double le bonheur.

C'est une preuve que sur terre
            Une mère,
Comme un époux, est bien souvent,
            Quoi qu'on fasse,
Quoi que l'on dise ou qu'on menace,
L'auxiliaire de l'amant.

— Quoi ! ce sont les mêmes grisettes
            Mignonnettes,
Me direz-vous ? — Parbleu, bien sûr.
            — Et leur mère ?
Comment a-t-on pu se soustraire
A son œil clairvoyant et dur ?

Eh ! dites-moi comment la mite,
            Si petite,
Au milieu d'une immense tour,
            Cherche et trouve
L'endroit où sa femelle couve,
Guidée au flambeau de l'amour ?...

Pour passer par un trou d'aiguille
            Soyez fille

Et grisette — non le chameau, —
Vieux symbole !
Mettez sous clef cette frivole,
Elle en rira dans le coteau.

XXV

LA PAYSANNE

II

— Que faites-vous donc là, la belle au gentil cœur ?
Pourquoi pleurer comme un sabot de rémouleur
    Qui s'égoutte sur une meule ?
Par la mort-dieu, l'enfant, si vous continuez,
M'est avis qu'en huit jours, certes vous deviendrez
    Aussi vieille que votre aïeule.

— Laissez-moi, beau hussard, passez votre chemin ;
Je me plais dans mes pleurs, bien doux est mon chagrin
    Quoique Betel m'ait délaissée ;

Laissez-moi, je veux vivre et mourir de mon deuil,
Afin qu'il vienne un jour pleurer sur mon cercueil,
　　　L'âme de remords oppressée.

— Vous êtes, Nérina, belle comme le jour.
Or, sachez, entre nous, qu'on ne meurt pas d'amour ;
　　　En amour, c'est comme à la guerre.
L'amour fait des élus, — qui ne vous le dira ?
Betel est un butor ; il se consolera
　　　Dans les bras d'une autre bergère.

— Nous gravions nos serments sur l'arbre du vallon,
J'aurais cru, voyez-vous, qu'un beau jour l'aquilon
　　　Emportât plutôt la montagne
Que son cœur ne changeât. A qui donc se fier ?
Quel bonheur de pouvoir m'enfuir, beau cavalier,
　　　Loin de cette triste campagne !

— C'est ainsi, chère amour, qu'on trompe le chagrin ;
Il faut changer de lieu pour changer de destin :
　　　Rien ne vaut l'état militaire.

Viens avec moi ; je t'aime et couperais en deux
Quiconque te viendrait regarder dans les yeux
  Quand tu seras ma vivandière. —

— Laissez-moi, laissez-moi. — Betel était bien beau. —
Vous voulez me tromper. — Il mettait son chapeau
  Toujours sur le coin de l'oreille. —
— L'uniforme va bien — Quant il voulait servir,
Je rêvais de soldat. — Comme il m'a fait souffrir ! —
  N'avez-vous pas l'âme pareille ?

— Allons, la belle enfant ! je suis un franc guerrier ;
Je pars pour les combats. Laisse ton chevrier
  Qui n'a pas un arpent en plaine.
Viens, — mon cheval hennit ; — Nérina, tu me plais ;
De mes croix nous ferons pour toi des bracelets ;
  Un jour je serai capitaine...

Bientôt on entendit le galop d'un coursier.
Il croisa comme un trait, dans un étroit sentier,
  De moissonneurs un joyeux groupe.

— Le beau hussard, dit-on, en le voyant passer !
Son sabre bruyamment brandit à se casser...
　　　Mais qui porte-t-il donc en croupe?

XXVI

LA LIMONADIÈRE

III

Oh ! la Limonadière,
Derrière son comptoir,
Qu'elle a la mine fière,
Qu'elle a le regard noir !

Et ses coquetteries
Ont des attraits si doux,
Que leurs agaceries
Ont fait mille jaloux.

Comme aux feux qui pétillent
On s'assemble le soir,
Les jeunes gens fourmillent
Autour de son comptoir.

L'un, frisant sa moustache
En crocs prétentieux,
Frais comme une pistache
Écarquille les yeux.

L'autre, sur son front pâle
Passe et repasse encor
Sa main pour qu'elle étale
Ses bijoux en melchior.

Celui-ci se dandine,
Comme un saule-pleureur,
Celui-là s'examine
Et fait le beau parleur.

Tel autre fait l'aimable
Aux dépens du voisin ;
Tel autre rit et hâble
Pour paraître malin.

C'est un assaut de grâce,
Un carrousel d'amour,

Où chaque joûteur passe
Et revient tour-à-tour.

Pourtant, nouveau Tantale,
Un seul n'ose approcher,
Malgré sa soif rivale
Qu'il voudrait étancher.

De son coin il admire
L'essaim des amoureux,
Les envie et soupire
Et dit : — Qu'ils sont heureux !

Mais la Limonadière,
Derrière son comptoir,
A la mine trop fière
Et le regard trop noir,

Pour qu'elle s'aperçoive
De sa timidité ;
C'est le moins qu'on lui doive,
D'encenser sa beauté.

Aussi bien, en revanche,
Combien elle sourit,
Folichonne, s'épanche
Et pétille d'esprit,

Lorsqu'un trompeur s'empresse
A lui conter des riens,
Fredonnant son ivresse
En légers entretiens.

Son noir regard réserve
A tous même coup-d'œil,
Son babil même verve,
Sa gaîté même accueil.

Et chacun, à lui-même,
Tant l'homme est vaniteux,
Se dit : — C'est moi qu'elle aime,
Moi qu'elle aime le mieux.

Que c'est bien là l'histoire
Du pauvre cœur humain !

Toujours même déboire
Toujours même destin !...

Mais qu'on soit brune ou blonde,
Qu'on feigne ou non l'amour,
C'est la loi de ce monde,
Il faut aimer un jour.

Or, la Limonadière,
Derrière son comptoir,
Soudain devint moins fière
Et son regard plus noir.

Elle a perdu la joie
Et ses airs si rieurs ;
Son front penché se noie
Dans des pensers rêveurs.

Comme on voit la fauvette,
Tout-à-coup dans le bois,
Sur sa ponte défaite
Faire pleurer sa voix,

Pauvre Hébé qu'on encense,
Ainsi ton cœur, séduit,
Pleure sur l'inconstance
De l'amant qui te fuit.

Qui séchera tes larmes,
Perles où tes grands yeux
Brillent de nouveaux charmes,
Tant ils sont langoureux ?

Hélas ! je vois dans l'ombre
Un front baigné de pleurs,
Dont la tristesse sombre
S'accroît de tes douleurs.

Il t'est resté fidèle,
Il t'ouvre encor les bras ;
Le bonheur n'est rebelle
Qu'aux gens qui sont ingrats.

Aime-le donc, ma chère ;
Je puis te l'affirmer,

Seul, il ne sut te plaire,
Seul, il saura t'aimer...

Mais la Limonadière,
Derrière son comptoir,
Devient alors plus fière
Et son regard moins noir ;

Non pour être plus sage,
Mais pour donner son cœur,
Suivant le vieil usage,
A quelque autre trompeur.

XXVII

LA BOURGEOISE

IV

Il est bien entendu que ce portrait ne s'applique spécialement, dans ma pensée, à aucune classe de la société. Il y a dans la noblesse de véritables bourgeoises, comme il y a dans la bourgeoisie des femmes vréitablement nobles. L'esprit et le cœur ne sont pas, Dieu merci, des prérogatives de la naissance. Mais ce type existe malheureusement, et même il est assez répandu aujourd'hui, surtout depuis que le matéria-lisme a si profondément altéré le sentiment public.

Qu'on ne lui parle pas de rêves, ni d'extase,
Ni de vagues soupirs dont le cœur comme un vase
Qui bout sur le trépied, exhale les parfums;
Ni des pleurs qu'en secret le souvenir embrase,
Et qui rendent si beaux deux regards bleus ou bruns.

Qu'on ne lui parle pas de ces langueurs soudaines,
Qui, semblables aux bruits des musiques lointaines,

Font naître dans le cœur mille désirs confus,
Plus doux que du zéphir les suaves haleines
Lorsqu'il baise les fleurs sur les rameaux touffus.

Qu'on ne lui parle pas des tapis de verdure,
Des hymnes des oiseaux, de l'onde qui murmure,
Du couchànt qui s'endort dans un lit empourpré,
Et dont le long regard, saluant la nature,
Allonge des bouleaux les ombres sur le pré.

Tout ce qui prédispose à des mélancolies,
Secoue aux vents du soir d'intimes ambroisies,
Et mêle à nos douleurs des baumes toujours frais,
Tout ce qui verse en nous des flots de poésies,
La bourgeoise s'en moque et le trouve niais !

Mais en revanche aussi combien elle minaude !
Se raidit dans sa taille ainsi qu'une pagode !
Et fière de pouvoir prodiguer ses atours
Combien son mauvais goût, sous prétexte de mode,
Empaquette son corps de soie et de velours !

Comme elle comprend bien les mouvements de Bourse\
Pour chipoter un sou, quelle femme à ressource !\
Comme sa médisance est prompte à dépecer !\
Qu'elle sait bien qu'il faut, quand on doit, qu'on rembourse;\
Qu'une culotte usée, il faut la rapiécer !

Esprit vain et jaloux, en secret elle admire\
L'air de la grande dame, objet de sa satire,\
Et, n'en pouvant singer que le mauvais côté,\
Son ridicule effort prête toujours à rire\
A qui n'aime avant tout que la simplicité.

Sa façon de parler est charmante. — Ma chère, —\
Votre chapeau va mal, — Votre robe est trop chère. —\
Étiez-vous au marché ? — Les œufs sont d'un prix fou. —\
Et si la bonne un jour casse le moindre verre,\
Elle crie à briser les veines de son cou.

Ce n'est pas le bon Dieu qui l'occupe à l'église,\
Ni les parfums sacrés dont l'extase se grise,\
Et qui lui sont moins doux que ceux de ses sachets ;

Elle est là pour gloser un peu sur la marquise,
Pour étaler surtout d'affreux colifichets.

La charité pour elle est simplement l'aumône,
La vierge dans sa niche, une simple madone,
Car tout mystique sens échappe à son esprit,
Et la bonté lui semble une bourse qui donne,
La suprême sagesse un coffre qui s'emplit.

A quinze ans elle voit, — esprit-fort avant l'âge —
Venir sans trouble aucun l'heure du mariage ;
Et l'homme, quel qu'il soit, sera toujours l'élu
S'il est riche et surtout un petit personnage,
Fût-il Cochinchinois, pulmonique ou joufflu.

Nuls de ces hauts pensers dont l'âme est si ravie,
Nuls instincts, nuls élans de forte et noble envie
N'agitent cette femme à l'orgueil tout mondain :
Positive avant tout, elle entre dans la vie
Comme entre, sauf respect, l'âne dans un moulin.

XXVIII

MA CIGARRETTE

—◦—

O ma cigarrette embaumée
Qui roule tes flots bleus sur mon front attristé,
Combien ta suave fumée
Me ravit doucement à la réalité !

Tandis que ton nuage autour de moi s'élève,
Étendu sur mon lit d'où s'enfuit le sommeil,
Un monde m'apparaît étincelant du rêve,
Comme l'aube joyeuse aux rayons du soleil.

Bien loin que l'homme y soit désespéré de vivre
Et se prenne à douter pour mieux encor souffrir,

Admirant cette vie où sa lèvre s'enivre,
Il se sent trop heureux pour vouloir y mourir.

Dans ce monde enchanté, tous les élans de l'âme
Ont des trépieds ardents où brûlent leurs encens,
Tous les élans du cœur une pudique flamme
Où le bonheur éclate en sourires décents.

Nul n'oserait ici prôner l'intolérance ;
Toute religion est une sainte loi ;
Musulmans ou chrétiens, la divine espérance,
Du haut des vastes cieux nous sourit par la foi.

Le succès éhonté s'y cache comme un crime ;
Le cœur régénéré sourit au dévoûment ;
Le respect de soi-même est entouré d'estime ;
Chaque bouche y flétrit un manque de serment.

Voyez-vous ces enfants si riants et si roses ?
Recueillis tout à l'heure, ils étaient au saint lieu ;
Maintenant ils s'en vont butiner dans les roses ;
Maman le leur permet lorsqu'ils ont prié Dieu.

Voyez-vous ces soldats dont la patrie est fière ?
Du sceau de la pensée on les dirait frappés ;
Ils regagnent leurs champs pleins d'horreur pour la guerre :
Là, disent-ils, leurs bras seront mieux occupés.

Et ces grands orateurs que tout un peuple acclame !
D'où vient qu'en leurs discours règnent de longs accords ?
C'est que l'amour du bien constamment les enflamme,
C'est que le même but dirige leurs efforts.

Partout des passions les colères se taisent ;
Dieu répand son pardon trop longtemps attendu ;
De Saturne attéré les appétits s'apaisent,
Et le sein maternel bat d'espoir éperdu.

Qui ne vénère ici ces fronts blanchis par l'âge,
Dont l'esprit, resté pur, s'ennoblit par le cœur,
Attendant chaque jour le terme du voyage,
Sereins comme l'espoir, calmes comme l'honneur ?

Qui ne vénère ici toute fille modeste
Dont l'épaule soutient un vieux père abattu,

Et qui, par le travail, cette égide céleste,
A travers les écueils a sauvé sa vertu ?

Oh ! les beaux fruits dorés qui pendent à la branche !
Oh ! les jolis oiseaux dont on bénit les voix !
Oh ! les joyeux zéphirs qu'embaument les pervenches !
Oh ! les charmants bergers chuchottant dans les bois !

C'est l'âge d'or avec ses troupeaux dans la plaine,
Ses suaves couchants dans les horizons bleus,
Ses nymphes dans les bois; et dans la coupe humaine,
Son breuvage d'amour, ce doux nectar des dieux.

Les oiseaux qui s'en vont en chantant par les chaumes
Aux rayons du soleil, pour y glaner les grains,
Sont moins gais, moins riants que les instincts des hommes
Imbus, dans leurs essors, des plus chastes desseins...

Mais l'on me dit souvent : — Vous ne savez pas vivre ;
Pourquoi courir après une ombre qui s'enfuit ?
Le rêve est un mirage ; il fatigue à le suivre,
Et ne laisse en retour qu'un regret qui le suit. —

Qu'importe! — Oh! laissez-moi l'extase de mes rêves !
Sans eux, mon seul bonheur s'en irait sans retour ;
Il me faudrait pleurer ainsi que sur les grèves
La voix de l'Alcion pleure sur son amour.

Il me faudrait pleurer sur les trésors de l'âme,
Sur ces femmes sans nom qui s'en vont chaque jour
Vendre pour un hochet leur impudique flamme,
Qu'on ose décorer du nom divin d'amour.

Il me faudrait pleurer sur les vaines richesses
Qui vont, à pleine peau, gonflant leur nullité ;
Sur les cœurs où tarit la source des tendresses
Comme tarit la rive aux baisers de l'été.

Il me faudrait pleurer sur toutes les chimères
Dont les cœurs désolés aiment à se nourrir,
Et qui, comme un manteau jeté sur nos misères,
En dérobent l'aspect pour nous en affranchir.

Et je n'aimerais plus la senteur des luzernes,
La chanson du jeune homme égayant le grenier ;

Il me faudrait aimer l'enfant dans les tavernes,
La grisette éclipsant la femme du banquier.

Et je n'aimerais plus la foi dans les promesses,
Le sentiment du beau dans l'humble probité ;
Il me faudrait aimer l'orgueil dans les bassesses,
Quelques forbans heureux raillant la pauvreté.

Et je n'aimerais plus le bon Dieu de ma mère,
Que la raison consacre et que le cœur bénit ;
Il me faudrait aimer quelque Dieu de colère,
De miracle et d'orgueil, dont la peur avilit.

Oh ! laissez-moi rêver ! — Le bonheur sur la terre
N'est point l'or qui corrompt et trouble la raison,
Ni la puissance avec sa grandeur éphémère,
Ni l'amour même avec son trompeur horizon :

　　　C'est ma cigarrette embaumée
Qui roule ses flots bleus sur mon front attristé
　　　Lorsque sa suave fumée
Me ravit doucement à la réalité.

XXIX

LE BERGER ET LA BERGÈRE

— Oh ! je t'aime, dit à sa mie,
Betel, le berger du hameau ;
Pour toi je donnerais la vie,
Mon chien fidèle et mon troupeau.

Je crois que tu deviens coquette ;
Ton pied toujours est bien chaussé,
Et les rubans de ta cornette
Sont plus riches que l'an passé.

Suzon, le fils de notre maître
Doit partir bientôt pour Paris ;

Il te fait la cour, et peut-être
Veut-il t'emmener du pays ? —

Mais non ; car tu me dis : — je t'aime ;
Que m'importe un puissant trompeur ?...
Et je te crois comme moi-même,
Car je te juge par mon cœur.

C'est ainsi que Betel s'exprime ;
Il est heureux, il a la foi ;
Et dans la candeur qui l'anime
Il ne craindrait pas même un roi.

Pauvre innocent ! la confiance
Eut de tous temps un sort piteux,
Lorsqu'en amour, dans la balance
Pèsent les instincts vaniteux.

Vois-tu, Paris et ses merveilles
Tentent bien plus d'une Suzon,
Dont les lèvres toutes vermeilles
Mordent bien vite à l'hameçon.

Qu'est-ce alors qu'un amour fidèle
N'ayant que l'espoir pour tout bien,
Les doux regards de ta prunelle,
Une chaumière avec un chien?

Ah ! qu'il vaut mieux de grands carrosses
Roulant au théâtre les soirs,
Et des soupers et des négoces
A faire trembler les boudoirs !

Qu'importe — ô douleur trop profonde ! —
Que l'honneur s'en voile les traits ?
Le vice est de mode, et ce monde
N'y regarde pas de si près.

Ainsi donc Suzon est partie
Avec le fils du grand seigneur,
Sans songer que cette folie
Va désoler un pauvre cœur.

Tandis qu'à Paris elle mène
Un train d'echevelés plaisirs,

Betel, en pleurant dans la plaine,
Se repaît de ses souvenirs.

— Voilà, dit-il, où je l'ai vue
Sourire et chanter tant de fois ;
Combien mon âme était émue
Au son de sa divine voix !

Je vois encor son front candide
Empreint d'une vive rougeur,
Quand son premier aveu, timide,
Me fit tressaillir de bonheur.

Voilà l'herbe qu'elle a foulée,
L'obscur réduit qu'elle aimait tant ;
Voilà l'écho de la vallée
Qu'elle réveillait en chantant.

Chers témoins de nos causeries,
Vallons autrefois si joyeux,
Combien, au sein des rêveries,
Vous me paraissez malheureux !... —

Suzon tient un autre langage ;
Elle a des chevaux, des laquais,
Et chaque jour son entourage
Comble ses plus petits souhaits.

— Quel bonheur est le mien, dit-elle !
Je suis la reine des plaisirs ;
La vie en courtisans ruisselle ;
Tout se soumet à mes désirs.

Si je ruine le vicomte,
Adieu, mon vieux, pour le rentier ;
Si le rentier liarde et compte,
Ma foi, je chipe le banquier.

Qu'aurais-je fait dans ma chaumière
A grelotter dans mes sabots,
A m'ennuyer la vie entière
Auprès de grands godelureaux ?

Au lieu qu'ici, vive la joie !
Que ne puis-je donc pas oser ?

Un jour, comme un chêne qui ploie,
Un roi viendra pour m'épouser. —

Va, va, jeune fille insensée,
Jouis de ton honteux bonheur,
Tandis qu'empli de ta pensée
Betel languit dans sa douleur.

Va, va, fille sans cœur, blasphème
De ton hameau l'humble séjour,
Tandis que, vivant pour toi-même,
Betel espère en ton retour.

Il est ainsi, dans la nature,
Des contrastes dont on frémit.
Mais la constance nous épure;
L'oubli du cœur nous avilit.

Cependant le temps fuit rapide,
Et la beauté passe avec lui.
Bientôt Suzon, le front stupide,
Voit qu'autour d'elle tout a fui.

Alors d'implacables misères
S'ameutent sans fin sur ses pas ;
Du haut des grandeurs éphémères,
Elle se voit tomber bien bas.

Quels tristes retours dans sa vie !
Tout l'abandonne, et désormais
Il ne lui reste que l'envie
Pour entretenir ses regrets.

Car rien, dans ce cœur si frivole,
Ne parle des premiers amours,
Ce temps si pur qui nous console
De la douleur des mauvais jours.

Plus heureux, à l'amour fidèle,
Betel s'attache au souvenir
Comme l'enfant à la mamelle,
Pour y rêver et s'endormir.

Si son cœur s'emplit de tristesse,
S'il est inondé de ses pleurs,

Il y trouve une telle ivresse,
Qu'il est heureux de ses douleurs.

C'est là désormais leur carrière :
L'un au hameau, sombre et rêveur ;
L'autre à Paris, dans la misère,
Le front jauni, voilé d'horreur.

Triste destin ! trois ans à peine
Sont écoulés, qu'en même temps
La mort se glisse dans la veine
De ces deux êtres de vingt ans.

Voici déjà venir le prêtre !
Pour eux la tombe va s'ouvrir ;
Le même hameau les vit naître,
Le même jour les vit mourir.

Nés pour s'aimer, pour vivre ensemble
Dans leurs vallons aux bruits confus,
Si le bon Dieu ne les rassemble,
Hélas ! ils ne se verront plus.

Suzon mourut dans un hospice
Où la vengeance est le seul vœu,
Ayant vidé tout le calice,
Et blasphémant le monde et Dieu;

Betel dans son humble demeure,
Riant à l'ange Gabriel,
Qui, pour bercer sa dernière heure,
Lui montre en silence le ciel.

XXX

A CLICHY

—◇—

Alfred, le gentleman, le lion de Vichy,
Le roi du lansquenet, le coureur d'aventures,
Que le monde citait pour ses folles allures,
Un jour s'est réveillé sous le toit de Clichy,
L'huissier ayant vendu ses grooms et ses voitures.

Adieu le sport, le turf et le Palais-Royal,
Le club, le steeple-chasse et le bois de Boulogne,
Adieu meutes, purs-sangs! — L'usurier sans vergogne
Ayant pris le jeune homme à son piége fatal,
L'a rongé comme un chien ronge son os et grogne.

Par Plutus ! quel honneur pour la société
De nourrir dans son sein ce coffre délétère
Que l'on nomme usurier, — et qu'elle le vénère,
Semblable au plat goujat qui, dans sa lâcheté,
S'honore des soufflets dont on le rémunère.

Mais Alfred , le premier en rit de tout son cœur.
— Contre un vice du temps ne soyons pas rebelle,
Dit-il ; gaîment montons ou descendons l'échelle,
C'est le plus sûr moyen de tromper le malheur. —
Et d'un orgue enrhumé tournant la manivelle :

— Oh ! viens, ajoute-t-il, charmer mes longs loisirs,
Serinette fidèle , à la voix essoufflée ;
Que ma prison sans toi serait donc désolée !
Mais tes airs sont l'écho de tous mes souvenirs :
Chante, joyeux écho, mon âme est consolée. —

De tout le train d'enfer qu'il menait en grand roi,
Alfred n'a conservé que cette serinette ;
Elle lui vient tout droit du vieux Gobseck qui prête

Beaucoup de bibelots et peu d'argent; ma foi,
C'est en homme rangé qu'il ouvre sa cassette.

— Vous voulez mille francs, mon cher, dit-il, c'est bien;
En voilà tout d'abord deux cents; et, pour le reste,
Vous aurez des lézards empaillés, une veste,
Et cætera. — Monsieur, vous voyez, c'est pour rien.
Ça vaut son pesant d'or. — Mais Alfred lui dit : Peste !

— C'est à prendre ou... — Suffit, respectable Gobseck,
Je vous suis obligé. — Puis tout bas : — vieille grue,
Que l'enfer te confonde avec ta voix lipue...
— Je vous porte, mon cher... — Tais-toi, nez de dur-bec.
— Un très-grand intérêt. — C'est moi plutôt, sangsue !...

Ainsi notre héros, — le blâme qui voudra, —
Pour rendre mille francs a reçu vingt pistoles;
Car l'appoint des lézards et d'autres hyperboles
Est peu. — Qu'importe ! un jour de plus il mènera
Un grand train de plaisirs étrangement frivoles.

Il se regardera passer avec son breck

Rempli de gais viveurs fumant le pur havanne ;
Affectera sans rire une mise anglomane,
Dépensant en un soir tout l'argent de Gobseck,
De chez quelque Chevet, chez quelque courtisane.

Mais s'il voit, par hasard, un pauvre mendiant,
Vieillard à barbe blanche et traînant la guenille,
Il lui jette sa bourse, heureux qu'une famille
Profite de son or. — C'est toujours en riant
Qu'il aime à le donner ainsi qu'il le gaspille.

Ce type s'est perdu dans les *boursicotiers ;*
La girouette n'est plus tournée aux Roquelaures,
Mais bien aux Harpagons. — Aussi, par tous ses pores
Le monde philtre-t-il l'égoïsme en souliers
Ferrés d'énormes clous, soit dit sans métaphores.

C'est un malheur. — Le jeune libertin,
Ardent et généreux, tolérant, très-bon diable,
Ne décriant jamais ce qui fut honorable,
Nomme son créancier maroufle ; — mais enfin
Il se dépouillerait de tout pour son semblable.

Il recelle un cœur d'or dans sa légèreté.

C'est pour avoir bon ton qu'il feint le scepticisme ;

Il reniera l'amour par esprit de sophisme,

Mais nul n'en conçoit mieux la divine beauté ;

Le plus honteux penchant pour lui c'est l'égoïsme.

Au lieu que l'Harpagon, l'œil de mauvais aloi,

Mesurant le bois vert que l'on met dans le poële

Et le beurre qui fond maigrement dans la poêle,

N'adore que l'écu. — N'ayant ni foi, ni loi,

Il fendrait un cheveu pour en avoir la moële.

De tous les bibelots que Gobseck lui passait,

Alfred eût pu garder quelque faïence bleue,

Un bilboquet déchu, quelque singe sans queue,

— Mais qu'en faire ? dit-il ; un orgue au moins distrait,

J'en voudrais égayer madame Barbe-Bleue.

Le jeune fou parlait très-sérieusement ;

Et tenez que cela n'est pas un paradoxe ;

Qui n'a pas sa toquade ? Or, l'un vante la boxe,

L'autre aux combats des ours trouve de l'agrément,
Un troisième s'endort en un prône orthodoxe.

Alfréd se réjouit à son orgue joyeux ;
Cette voix en fausset lui paraît un langage
Auquel il donne un sens empreint d'un gai verbiage ;
Alors, mentalement, ils causent tous les deux
Comme de bons amis après un long voyage.

— Parlerons-nous, mon cher, de politique? — Non,
Dit l'orgue; c'est malsain, à ce que j'entends dire.
— Et de religion? — Encor moins, car c'est pire.
— De pluie et de beau temps, de Soulouque? Sinon
Parlons de nos amis, au risque d'en médire.

— Eh bien ! dit l'orgue, soit; mais par où commencer?
— Que tu connais donc peu, dit Alfred, ton Basile ;
Mal parler des amis est toujours très-facile ;
Après ça, leurs défauts qu'on aime à dépecer
Peuvent bien entre nous émoustiller la bile.

Là-dessus ils s'en vont étrillant leurs amis...

Voici monsieur Coquard, qui, parlant de la femme,
Prend, en clignant de l'œil, un petit air infâme.
Il se croit scélérat, crache en l'air aux maris...
Mais sur son nez, d'aplomb, retombe l'épigramme.

Quant à Gros-Jean, son *Moi* fit de tout temps florès,
Moi par ci, moi par là, c'est là sa ritournelle.
Parlez-lui du Grand Turc ou de Polichinelle,
De la guerre de Troie ou de l'isthme de Suez,
Son *Moi* revient toujours comme un bruit de crécelle.

Et monsieur Vertuchoux ! comme il sait insister
Pour vous avoir chez lui, pour vous voir à sa table !
Mais jamais il n'engage, avec son air affable,
Qu'après s'être assuré qu'on ne peut accepter :
C'est ainsi qu'il se croit un homme fort aimable.

— Que dis-tu, prit Alfred, du petit Gribouillis ?
S'il m'en souvient, c'était une drôle de tête ;
Bavard sempiternel, esprit fort en jaquette,
Qui, pour le bon plaisir de faire des récits,
Eût colporté partout l'histoire la plus bête.

— Et de Saint-Phar, dit l'orgue, ouvrant toujours sòn cœur
Comme une tabatière où le tabac est rare ?
Offrir pour recevoir, c'est là de l'or en barre.
Et Saint-Phar, imitant la ruse du priseur,
Feint d'avoir des bontés afin d'en être avare.

Et cette causerie allait ainsi son train ;
Dans le malheur on aime à disséquer la vie,
Pour y filtrer parfois le fiel de l'ironie.
Cela soulage un peu de mordre le prochain ;
Il faudrait être un saint pour n'en avoir l'envie.

Aussi fondirent-ils sur mille autres travers :
Ici, c'était l'orgueil ballonné d'arrogance ;
Là-bas, l'eau de Chantal dans l'urne de Jouvence ;
Et partout du bon roi la culotte à l'envers
Leur montrant du bon sens l'antique ressemblance.

— Tiens ! dit l'orgue, voici le fameux pourfendeur
Dont la mine affectait un aspect si terrible !
Vois-tu comme il est fier, comme il est inflexible !

Fronce un peu le sourcil, le courage en son cœur
Disparaîtra soudain comme l'eau dans un crible.

Que c'est bien ça, dit l'orgue... Eh ! mais, vois donc ici
Ce tas d'écornifleurs, bande sempiternelle,
Au seuil de notre porte éculant leur semelle ?...
Ne vois-tu pas encor l'éternel Framboisy,
Au balcon de sa femme attachant notre échelle ?

— A présent, dit Alfred, nous sommes délaissés
Même par les amours. — Oh ! dit la serinette,
Même par les amours ! L'infortune est complète.
Pourquoi de nous quitter étaient-ils si pressés ?
— Que veux-tu, c'est la vie, acceptons la défaite.

Cette gamme manquait à leur dolent refrain ;
Qui pourrait remonter le cours de la jeunesse
Sans avoir, de l'amour, à narguer la tendresse ?
C'est comme les enfants dont on beurre le pain :
On les comble de soins, mais ils pleurent sans cesse.

De leurs plaintes alors ce fut un autre flair ;

14

Les voilà sur l'amour lancés à toute voie.
Tayaut ! tayaut ! déjà leur souvenir aboie ;
Et les espoirs déçus, côte à côte, de pair
Comme chiens accouplés, vont hurlant sur la proie.

Ici, c'est Georgina, la frivole beauté,
Qu'ils aiment un moment et qu'ils quittent bien vite
Elle veut s'en tuer, — inévitable suite. —
Et si son désespoir flatte leur vanité,
Sa consolation trop prompte les dépite.

Là, c'est Clara qui craint qu'on ne soit indiscret ;
Cependant on la voit s'escorter, la semaine,
Du King-Charles d'Alfred, qu'en ville elle promène.
Quel singulier moyen de garder le secret !...
« Dis-moi quel chien te suit, je dirai qui te mène. »

Quant à l'ardente Élise, auprès d'elle un volcan
Est un modeste éclair d'allumette chimique ;
Quelle fureur des sens quand le désir la pique !
Mais son amour, qui gronde ainsi qu'un ouragan,
Est presque aussi changeant que l'avis d'un critique.

— Et Berthe ! prit Alfred, quand nous raillons son vieux,
— Qu'est-ce qu'un Céladon, dit-elle, sans voiture ? —
Pas d'argent, pas d'amour. D'où vient, par adventure,
Qu'à la fois nous étions heureux et malheureux
De trouver avec elle un sujet de rupture.

— Sang et boue ! il n'est donc rien dans l'humanité,
Dit l'orgue, qui ne soit égoïste ou frivole !
Mais il faudra toujours suspecter la parole ?
Mais la pudeur n'est donc qu'un mensonge éhonté ?
Les vertus, qu'un autel sans dogme et sans idole ?

— De l'humeur ! serinette. Eh, ma mie ! et pourquoi ?
Toute chose, crois-moi, vit de sa propre essence ;
Le ciel a le pardon, la terre l'inclémence ;
L'homme est sans souvenir, et la femme sans foi ;
Suivons la loi commune, ayons l'insouciance.

Comme il parlait ainsi, l'écho fut si plaintif,
Qu'Alfred, là, près de lui, vit deux fronts lui sourire,
— Dieu ! que vois-je ? dit-il, toi Louis ! vous Elmire !

Mes deux premiers amis ! combien votre air pensif
Atteste l'intérêt que la tendresse inspire ! —

Et d'une main furtive il essuya ses yeux ;
Puis il reprit : — Oh ! oui, sceptique en apparence,
Notre âme, dans le fond, respire la croyance ;
Et puisqu'on trouve encor des cœurs affectueux,
Le monde est moins mauvais que la foule ne pense.

XXXI

UN BAL

Était-ce un bal tout plein de jeunes filles d'Ève ?
Ou bien l'illusion d'un mirage enchanté ?
      Hélas ! n'était-ce qu'un beau rêve ?
      Était-ce la réalité ?

Oh ! c'était bien réel, puisque la jeune Elmire,
Appuyée à mon bras, me parlait doucement,
      Et que mon cœur, dans son sourire,
      S'abreuvait de ravissement.

Puisque la valse, au bond impétueux, rapide,
Effeuillait en courant son bouquet sous nos pas,
      Et que, sous mon regard avide,
      Frissonnaient ses naissants appas !

Oh ! c'était bien réel, puisqu'une molle ivresse
Répandait sur son front un parfum de bonheur,
  Où je respirais sa tendresse
  Ainsi qu'on respire une fleur...

Pourtant n'eût-on pas dit, à voir sur chaque tête
Une sainte pudeur rougir de doux aveux,
  Qu'un ange donnait une fête
  A des anges mystérieux ?

N'eût-on pas dit, à voir ces formes si légères,
Qu'elles allaient s'enfuir tout-à-coup, sans retour,
  Ainsi que des nuits les chimères
  S'envolent aux rayons du jour ?...

Elle passa, la nuit, rapide comme une aile ;
Depuis ce bal charmant, je ne puis plus dormir,
  Car je la vois, joyeuse et belle,
  Sourire dans mon souvenir.

Hélas ! qu'est devenu cet être séraphique ?
Habite-t-il encor cette terre de fiel ?

Ou bien, sur un signe magique,
Est-il remonté dans le ciel ?

De la revoir encor n'ai-je plus l'espérance ?
Pourrai-je retrouver le sentier de ses pas ?...
Mon âme vers le ciel s'élance,
Et mon cœur la cherche ici-bas.

XXXII

L'ARBRE MORT

Des rayons du soleil, le printemps est éclos,
Les parfums ont brisé leurs odorants cachots,
La branche, des oiseaux, berce les doux caprices,
L'alouette à Juliette a dit : — Voici le jour, —
Et comme Roméo, tout palpitant d'amour,
Zéphire parfumé s'échappe des calices.

Déjà l'instinct naissant de la maternité,
Sur l'aile du pinson, par l'espoir agité,
Emporte dans les nids le petit brin de mousse;
Et l'onde, qui frémit à l'ombre des bouleaux,

Roule ses plis moelleux au sein des verts roseaux,
Où le bord doucement l'attire et la repousse.

Comme du jeune enfant le corset trop étroit,
Sous les efforts du sang, craque dans maint endroit,
Le bouton vert éclate aux baisers de la sève,
Le scarabée en fait l'autel de son hymen,
L'abeille y vient cueillir la poudre du pollen,
Et de vagues soupirs y murmurent sans trève.

Et le nuage d'or dans l'éther bleu s'enfuit,
L'aube trempe ses pieds dans les pleurs de la nuit,
Et le gazon scintille en prismatique gerbe;
Tout s'éveille à la fois au banquet du printemps:
Les baisers du zéphir sur les rameaux flottants,
L'étoile dans le ciel et le grillon sous l'herbe.

C'est la nature en feu sortant de son tombeau,
Morte à peine d'hier, reprenant son berceau
Pour y vider encor la coupe de la vie;
Elle attache sa lèvre aux mamelles du jour

Pour y puiser encor l'espérance et l'amour
Que Dieu fait ruisseler de la source infinie.

Un arbre cependant, aux flancs infécondés,
Dresse dans le coteau de longs bras dénudés,
Comme un gibet au sein d'une réjouissance :
Des concerts de bonheur murmurent près de lui ;
Mais, le front accablé de tristesse et d'ennui,
Il écoute, plongé dans un morne silence.

Désormais insensible à l'immense réveil,
Il ne sourira plus aux rayons du soleil ;
Le gazon sèchera dans son triste entourage ;
N'ayant plus de parfums, les amours le fuiront,
Et ses hôtes chéris, les oiseaux, s'en iront
Sur les arbres voisins babiller leur ramage.

Comme de noirs pensers sur un front soucieux ;
Des essaims de fourmis, qui se croisent entre eux,
Envahissent cet arbre où la sève est tarie ;
Et si le vent du soir s'engouffre en ses rameaux,

Il gémit longuement, comme en de vieux arceaux
Gémit, à notre voix, un écho d'agonie.

Non, rien de ce qui peut sur terre rajeunir,
Ressusciter la joie au cœur et le remplir
De suaves parfums, d'ineffables délices,
Ni baisers du matin, ni mystères des nuits,
Rien dans cet arbre mort n'éveillera les bruits
Que verse le printemps dans l'urne des calices...

Ainsi de l'homme, hélas ! que le monde a froissé,
Dont le cœur tout meurtri des choses du passé
A perdu pour toujours les plus saintes croyances,
Qui, battu par les flots d'un implacable sort,
A vu, rameaux séchés au souffle de la mort,
Tomber sur le chemin toutes ses espérances.

La vie a beau jeter de chatoyants appels,
Sa barque cotoyer de riants archipels,
Il ne croit plus à rien, tout lui paraît mensonge,
Comme l'arbre, il est mort, quoique batte son cœur,

Et, nouveau Prométhée, au sein de la douleur,
Il renaît pour mourir du chagrin qui le ronge.

Inaccessible, hélas ! aux pensers caressants,
Aux amours, aux espoirs sans cesse renaissants,
Il ne sent plus en lui gronder que l'amertume ;
Tout son lointain passé, chargé d'illusions,
Sombre sur les écueils de ses déceptions,
Dont les bouillonnements l'ont inondé d'écume.

Alors l'affreux hibou sort de ses souterrains,
Des fantômes hideux peuplent les grands chemins,
La sorcière prédit le règne de la haine ;
Et si le malheureux, — voyant dans l'arbre mort
L'image de ses jours, — reste ferme en son sort,
C'est qu'il attend de Dieu la justice sereine.

XXXIII

LE COQ

—◦—

Madame Vertuchoux vient d'acheter un coq,
    Sa basse-cour en était dépourvue. —
C'est un charmant bipède, aux éperons en croc,
    Au port hautain, à la crête charnue;
    Son œil trahit une mâle vigueur
        Qui charme la ménagère,
    Et qui l'a fait choisir pour géniteur,
    Comme on dirait au phalanstère.
Madame Vertuchoux voit déjà sa volière
        Regorger de jolis poussins,
    Qui lui vaudront de fort beaux gains.

— C'est ainsi, semblable à Perette,

   Qu'elle précompte l'avenir. —

   Malgré ce sujet de plaisir,

   La pauvre femme est inquiète ;

   Pour peu qu'on soit observateur,

   On lit une peine secrète

     Sur son front rêveur.

Son mari, de Bordeaux est arrivé la veille ;

J'ignore ce qui s'est passé pendant la nuit ;

Mais l'épouse n'a pas cette gaîté vermeille

    Qui d'ordinaire suit

Un souhaité retour, après vingt jours d'absence.

   Quoiqu'il en soit, Madame Vertuchoux,

Qui fonde sur son coq une grande espérance,

Se hâte, le matin, pour montrer cet époux,

D'appeler, dans la cour, la gent gallinacée.

   — Du moins, je ferai des heureux,

   Dit-elle, et son âme oppressée

   Exhale un soupir langoureux. —

   A sa voix, les poules accourent,

   Et, comme les autres matins,

  Lorsqu'elle vient leur apporter des grains,

De tous côtés elles l'entourent.

Alors, ouvrant son tablier,

Elle lâche le coq dans la foule surprise !

— Eh bien, ma noire ! eh bien, ma grise !

Leur dit-elle, voilà de quoi vous marier,

J'espère ! — et de nouveau son pauvre cœur soupire. —

D'abord ces dames semblent dire :

— Quel est cet étranger ?

Et leur regard largement s'écarquille.

Mais après tout on ne peut s'affliger

Qu'un coq charmant augmente la famille.

Aussi bientôt, comme auprès d'un garçon ,

On voit la coquette

Faire le gentil cœur et sa petite tête

Frétillante comme un pinson,

Nos sultanes emplumées,

Par leurs caquets, leurs graces animées,

Mille ruses d'amour, — c'est bien facile à voir, —

Cherchent à s'attirer la faveur du mouchoir...

Chose incroyable, étrange !

Notre sultan ne serait-il qu'un ange ?

Devant tous ces attraits que chaque instant accroît,

Il reste inactif et froid !...

Madame Vertuchoux, un moment étonnée,

Regarde consternée ;

Mais son propre chagrin activant sa colère,

Soudain elle prend une pierre

Et la lance au coq qui s'enfuit.

— Ah ! tu viens aussi de Bordeaux, toi, dit-elle !

Tiens v'lan, que je te casse une aile !

Et dans la cour elle le suit.

— Ah ! tu viens de Bordeaux ! tiens v'lan, vilaine bête

Qui dédaigne aussi qui te fête ;

V'lan, attrape ce horion

Pour t'apprendre à mieux te conduire !...

Et, tremblante d'émotion,

Elle poursuit toujours le pauvre sire ;

Si bien qu'en un dernier effort

Une pierre lancée avec une main sûre

Fait au coupable une blessure

Qui lui donne la mort.

XXXIV

UN RÊVE

—◦—

Le silence du soir régnait à l'horizon,
Les rayons de la lune argentaient le gazon,
      Et le ciel était sans nuage ;
Dans le parfum des fleurs se jouait un vent frais,
L'heure allait lentement ; moi, pensif, j'attendais,
      Assis sous l'arbre du rivage.

Je tressaillis !... c'était l'heure du rendez-vous.
Une robe dans l'ombre effleura mes genoux ;
      Mon corps frémit comme une lyre.
Quand je levai la tête, un enfant gracieux
Sur moi penchait son front d'un air mystérieux
      Et me saluait d'un sourire.

C'était... c'était Nina ; ses cheveux exhalaient
Des senteurs de jasmin que mes sens aspiraient
   Ainsi qu'on aspire la vie.
— Adieu, dit-elle, adieu ; — mon cœur battait bien fort —
Cher ami, pour te plaire, affrontant le remord,
   Je suis venue à la prairie.

Vierge au maintien décent, comme un enfant de Dieu
Qui prie avec amour sur l'autel du saint lieu,
   Sa voix respirait l'innocence ;
Et dans ses yeux d'azur, voilés par la candeur,
Brillaient en même temps l'amour et la pudeur,
   Doux trésors de l'adolescence.

Ainsi que d'une fleur le calice vermeil
S'abandonne avec joie aux baisers du soleil
   Qui boit sa rosée odorante,
La vierge abandonnait au souffle du zéphir
Ses cheveux qui flottaient comme un vague soupir
   Dans une atmosphère enivrante.

Tout à coup je sentis sa main presser ma main,

Son sein, sous son corset, palpiter sur mon sein,
     L'amour enlaça nos deux âmes.
L'ombre nous entourait... délicieux instant !
Dans mes bras j'étreignis la taille de l'enfant,
     Mes yeux se remplirent de flammes...

Puis, plus rien !... le sommeil abandonna mes yeux ;
Les rayons du matin éclataient dans les cieux,
     Je n'étais plus sur le rivage.
Le rêve disparut comme un souffle aérien,
Avec lui tout s'enfuit, il ne me laissa rien
     Qu'un souvenir de son image.

XXXV

LES CHASSEURS

Je suis observateur, croyez-moi, sur mon âme.
A me voir, il est vrai, l'on ne le dirait pas ;
Mais vous m'admireriez si je parlais de femme,
De gens à grands renoms, de sots ou de pieds-plats.

Je montrerais alors combien de faux sourires
Ont consumé de cœurs trop vifs et trop ardents,
Combien de grands seigneurs cachent de tristes sires,
Combien de beaux esprits recellent de pédants.

A quoi bon ! il faudrait raviver des blessures
Aux dépens du repos par l'oubli racheté,

Remettre sous les yeux de telles impostures,
Qu'on sentirait son cœur de dégoût révolté.

J'aime mieux m'abstenir... et vous aussi, je pense...
Il m'irait peu de prendre un air si triomphant ;
Je laisse aux songes-creux la naïve espérance
De corriger les mœurs en les philosophant.

Plus humble est mon dessein ; je veux conter l'histoire
Que j'ai, dans un dîner, entendue un beau soir ;
Si votre esprit railleur se refuse à me croire,
Je ne vous dirai point certes d'aller le voir.

Autrefois, un farceur prétendait que la flûte
Est le plus rococo de tous les instruments.
— En ce bas monde, hélas ! chaque chose a sa chûte ;
Consultez sur ce point les rois et les amants. —

Chérubini, présent, prétendit qu'une chose
L'était bien plus encor, mais on y croyait peu ;
— Moi je soutiens que si, dit-il en bonne prose. —
— Qu'est-ce donc ? lui dit-on. — C'est deux flûtes, parbleu ! —

O mânes de Damon, pins sacrés du Ménale,
Qui fûtes si souvent émus de ses accents,
Laisserez-vous railler cette voix sans égale,
Dont les refrains jadis vous semblaient si puissants !

Si j'avais à la main la plume de Virgile,
Bien loin de mépriser un instrument si doux,
Vous l'aimeriez, ô gens à préjugé servile !
Si bien qu'on vous verrait tomber à deux genoux.

Oser lui préférer vos pianos insipides !
N'est-ce pas mieux aimer le cadis que l'Elbœuf ?
Qu'est-ce encor, s'il vous plaît, que vos ophicléides
Recellant plus de bruit que les poumons d'un bœuf ?

Le progrès ! dites-vous ?... voilà le mot magique
Qui suspend vos esprits à son fil argenté,
Comme Polichinelle, à sa bosse empirique,
Suspend, des lourds badauds, le sourire hébété ?

Vous êtes bien heureux que ce ton m'importune ;
Je vous débiterais le plus beau chapelet

Que jamais Andalouse à la paupière brune
Sur ses péchés mignons n'ait redit en secret.

Au surplus, il est temps qu'ici je vous apprenne
D'où vient que je me crois un fin observateur :
Un proverbe nous dit que, dans l'espèce humaine,
Nul n'a su de tous temps mieux mentir qu'un chasseur.

Comme Chérubini, je pourrais bien vous dire
Que deux, si ce n'est vingt, sont encore plus forts,
Surtout s'ils sont à table et qu'ils parlent d'occire
Le gibier, et qu'alors ils dénombrent les morts.

Mais j'ai mieux observé, souffrez que je l'avère ;
Le plus complet hâbleur, c'est bien sans contredit,
Celui qui réunit le double caractère
De chasseur et pêcheur, tenez-le vous pour dit.

Or, un soir nous étions vingt grands chasseurs à table,
Fêtant la Saint-Hubert, faisant les beaux parleurs...
Les chasseurs un peu gris sont d'humeur fort aimable ;
Je les mets au-dessus des commis-voyageurs.

Pour les uns, la journée avait été fort bonne ;
Aussi s'admiraient-ils, s'il faut vous l'avouer ;
D'autres avaient le nez plus allongé qu'une aune,
Car ils avaient usé leur plomb sans rien tuer.

Celui-ci, s'il n'avait eu la mauvaise chance
Que son coup ne ratât, eût certes fait florès ;
Il ne manque jamais, — ce n'est point de jactance, —
Et pourtant seul il croit à ses brillants succès.

Celui-là, c'est toujours son étrange coutume,
A *roulé* plus d'un lièvre en vain sur le coteau ;
Tel autre a fait voler à chaque instant la plume,
Sans abattre pourtant le plus petit perdreau.

Mais chaque mauvais coup sait trouver une excuse :
Tantôt c'est le soleil qui donnait dans les yeux,
Tantôt c'est un buisson, — je crois qu'on en abuse, —
Enfin toujours à point, un rien malencontreux.

Et puis de quelques-uns, il faut le reconnaître,
Le fusil était sale et ne portait pas bien ;

Leur plomb était trop gros ou trop petit peut-être ;
Leur poudre était humide et ne valait plus rien.

A ce propos l'on cite une foule d'histoires
Où chacun est dépeint comme un adroit tireur...
— Si Nemrod les inscrit là-haut dans ses grimoires,
Il doit certainement en rire de bon cœur.

Ah ! si tout le gibier que l'on tue en paroles
Mourait réellement, que ferions-nous, grands dieux !
De nos cors, de nos chiens si savants dans leurs rôles,
Des cartouches Davoust, des fusils Lefaucheux ?

Sans doute qu'aujourd'hui le gibier est très rare ;
Mais que serait-ce si les chasseurs disaient vrai ?
Nous n'aurions désormais, ô destin trop bizarre !
Qu'à jeter notre poudre à quelque papegai.

Le chasseur a toujours, admirez ce dilemme,
Tué plus de gibier qu'il n'en existerait ;
Ce qui n'empêche pas que, d'après son système,
Il ne le tue encor comme s'il en pleuvait.

Cependant, comme on voit une femme gentille
Bien souvent apaiser un soupçonneux amant
En s'accusant parfois de quelque peccadille,
Pour avoir l'air sincère à l'heure qu'elle ment ;

— Moyen sempiternel, rapiécé de finesse
Comme un fonds de culotte est cousu de fil blanc,
Mais qui donne le change et nous trompe sans cesse,
Tant on croit aisément quiconque paraît franc. —

Ainsi fait le chasseur ; quelquefois il s'accuse
D'avoir, par-ci, par-là, manqué quelque beau coup,
Mais de telle façon, — quelle admirable ruse ! —
Qu'il en prend texte aussi pour se flatter beaucoup.

S'il a manqué parfois un lièvre très-facile,
Croyez-le, s'il le dit ; mais il ajoutera
Qu'il s'en étonne fort, et que certes sur mille
Ça n'arrivera plus, il vous le pariera.

Comprenez-vous, dit-il, une chance pareille !
Un matin j'ai manqué trois ou quatre perdrix

A l'arrêt de mon chien ; — il est vrai que la veille,
Avant de déjeuner, j'en avais tué dix. —

Une autre fois, s'il a mazeté dans la plaine,
Il vous dit qu'il a fait raffle dans le coteau ;
Il veut bien s'accuser, mais toujours il ramène,
Sans avoir l'air de rien, son adresse sur l'eau.

En toute occasion, l'homme est vraiment comique,
Avec sa modestie aux flancs gonflés d'orgueil,
Et qui ressemble fort à la soie endémique
Dont Macaire honorait le dessus de son œil.

Chacun de nous ainsi procéda ; de manière
Que nous étions au moins de petits Saint-Huberts,
Avec ça que le vin pétillant dans le verre
Animait les récits de nos exploits divers.

Mais je vous fais, lecteur, grâce des hâbleries
Dont chacun surchargea son meurtrier coup-d'œil !
Dieu ! quel carnage affreux ! Dieu ! quelles boucheries!
S'il restait un seul lièvre, il en prendrait le deuil.

Arrivés à ce point, il faut aussi médire ;
Se flatter est bien doux, dénigrer est meilleur.
A quoi bon des amis, si l'on ne peut en rire,
Soulager son envie en se faisant railleur ?

Voici donc que bientôt on dresse la sellette :
Paul, malgré son renom, est moins adroit qu'heureux,
Pierre sera toujours la plus grande mazette,
Jacques chasserait bien s'il tirait un peu mieux.

Celui-ci, s'il revient la gibecière pleine,
Soyez sûr qu'il n'a pas oublié son argent ;
Toute sa chance est là, sa bourse est la garenne
Qui de la venaison fournit le contingent.

Celui-là tirera le gibier que l'on tire ;
Il n'y manque jamais, fût-il à deux cents pas ;
C'est un adroit calcul, il peut ainsi vous dire
Que son coup seul a mis votre gibier à bas.

Et là-dessus on rit et l'on se verse à boire.
Les verres sont vidés, tous parlent à la fois,

Puis on revient encore à conter quelque histoire
Dont chacun fut témoin, et c'est du meilleur choix.

Tantôt c'est un faucon auquel on casse une aile,
Qui, tombant sur un gîte, accroche un lièvre au dos;
Tout part, et l'écuyer, d'une espèce nouvelle,
Excite sa monture avec ses longs ergots.

Tantôt c'est un canard tué par un novice
Que l'on sort du carnier pour montrer aux amis;
Mais comme on le soupèse, entre les doigts il glisse
Et s'enfuit sous le nez des chasseurs ébahis.

Je venais de tirer, dit l'autre, une allouette;
Comme je rechargeais, une caille me part,
Sans songer à sortir du canon ma baguette,
Je tire et je l'embroche au cœur de part en part.

Pour renchérir, un autre a vu dans une chasse
Un lièvre traversant un petit lac gelé,
Sous le poids de son corps faire casser la glace
Et se noyer dessous, par la course essoufflé. —

C'est un tohu-bohu de contes les plus drôles,
Un tournois de lazzis, plus ou moins étonnants,
Qui provoquent sans fin des éclats de paroles,
Des tostes répétés, des bravos dissonants.

Tout-à-coup, au plus fort des rires de la table,
Le doyen du banquet, largement abreuvé,
S'écria : — Tout cela, messieurs, est admirable,
Mais ne vaut certes pas ce qui m'est arrivé.

— Tiens, cria-t-on, Pochard qui sort de son silence,
Qu'est-ce donc, cher ami? Dis-nous ça, vieux malin.
As-tu mis à l'usure ou prêché l'abstinence?
Aurais-tu, par hasard, mis de l'eau dans ton vin?

— Oh! les farceurs, dit-il, en se versant à boire;
Mais voulez-vous m'entendre? — Allons, messieurs, aux voix,
Dit un petit cadet, — qui veut ouïr l'histoire,
Le dise. — En attendant, dit Pochard, moi je bois.

On versait le café, les pipes s'allumèrent;

16

C'est l'heure où le désordre un moment s'attiédit ;
Les fumeurs sur le dos des chaises s'allongèrent ,
Et notre narrateur commença son récit.

— Comme on le sait, dit-il, moi, je pêche et je chasse ;
C'est un double métier auquel je fais honneur.
— Bon, dit notre cadet, pas de longue préface. —
— Et toi, n'interromps pas, dit-on, notre orateur.

— Or, c'était une nuit , reprit-il, nuit d'orage ,
Sourd murmure en la nue, éclair à l'horizon.
Belle nuit pour pêcher, — car le poisson voyage
Beaucoup par ce temps-là, je n'en sais la raison.

Armé de l'épervier, troussé jusqu'à mi-jambe,
J'étais dans mon bateau, le cœur tout palpitant ;
A chaque coup lancé dans la lame qui flambe ,
J'obtenais un succès vraiment exorbitant.

Jamais je n'ai rien vu de pareil en ma vie ; —
C'était prodigieux ; messieurs, le croirez-vous ,

Je vis en un clin-d'œil, dans ma barque remplie,
Des monceaux de poissons par-dessus mes genoux.

— Palsambleu ! fîmes-nous ; — mais lui, sans s'interrompre
Que pour ingurgiter sa tasse gravement,
Continua : — Je crus que ma barque allait rompre
Ou sombrer sous le poids de tout ce chargement.

Pendant que je pêchais, j'avais, sur la colline,
Entendu le renard de temps en temps glapir.
— Bon, me dis je, il poursuit un lièvre, j'imagine ; —
Et je me promis bien d'aller le lui ravir.

Minuit allait sonner et, la pêche finie,
Je rentrais tout joyeux d'une ample cargaison ;
Je bus, pour me remettre, un verre d'eau-de-vie,
Doucement pour ne pas réveiller ma Suzon.

Puis, sans prendre le temps de m'essuyer la lèvre,
De détrousser ma jambe en forme de fuseau,

Saisissant mon fusil, j'allai guêter le lièvre
Que j'avais entendu traquer dans le coteau.

Ne vous en moquez pas, l'affût est, quoi qu'on dise,
Palpitant d'intérêt. — Là, dans un chemin creux,
Le cœur bat, l'œil s'anime ; au moindre bruit de brise,
Sur la tête l'on sent se dresser ses cheveux.

Le coteau sur lequel se passe l'aventure
Etait raide et boisé. — Le poste était en haut ;
Je gravissais sans bruit, et d'une oreille sûre,
Orientant au loin la piste du levraut...

Mais depuis un moment, de reprise en reprise,
Quelque chose de froid comme un museau de chien,
Me touchait le mollet. — D'abord avec surprise,
Je m'étais retourné..., mais je n'aperçus rien.

Cela ne pouvait pas être Néra, ma chienne ;
Je l'avais renfermée au moment de partir...
Je montais donc toujours, retenant mon haleine,
Écoutant le renard de temps en temps glapir.

Nul bruit autour de moi, sinon par intervalle
Un merle réveillé qui, sous bois, s'envolait,
Ou le souffle attardé d'un reste de rafale,
S'engouffrant dans l'arbre où le hibou miaulait.

Je ne suis pas peureux ; mais, d'après la légende,
Le Diable revenait parfois dans le taillis. —
Ces souvenirs, mêlés aux bruits peuplant la lande,
Faisaient impression sur moi, je vous le dis.

D'autant plus que toujours une invisible chose,
A travers les buissons me touchait le mollet;
Si bien que, ne pouvant en connaître la cause,
J'en étais devenu tout-à-fait inquiet.

Qui donc pouvait me suivre ainsi d'un pas tenace ?
Etait-ce le démon dont s'effrayait l'endroit ?
Non, me disais-je alors, en faisant volte-face,
Le diable ne doit pas avoir le nez si froid.

Je venais d'arriver au sein de la clairière;
Je m'arrêtai pour voir les aspects d'alentour.

Le poste était bien là.... j'apercevais la pierre
Qui toujours me servait de siége au carrefour.

Tout-à-coup une dent froide, aiguë et perçante
A l'endroit du mollet me traversa la chair.
Je bondis comme un cerf, la gorge haletante,
Et je me retournai non moins prompt que l'éclair.

Alors je vis s'enfuir une vilaine bête....
Sans lui donner le temps de rentrer dans le fort,
J'ajustai l'animal vers l'endroit de la tête,
Et je vous l'étendis sur place, raide mort....

— Tiens, tiens, criâmes-nous, il a tué le diable.
— Non, messieurs, nous dit-il, mais c'est encore mieux !
— Bâh ! fîmes-nous, surpris de son air incroyable. —
Il reprit lentement en attestant les dieux :

La bête morte était. . . . une loutre superbe ;
La senteur du poisson alléchant son muzeau,
Elle m'avait suivi. . . ; puis, au milieu de l'herbe,
Avait pris mon tibia pour quelque vieux barbeau. —

Ce trait fut accueilli par un éclat de rire;

Le conteur fut soudain élu roi des hâbleurs;

Et la nuit s'avançant, puisqu'il faut vous le dire

On s'en alla gaîment le couronner ailleurs.

XXXVI

COUPLETS

Chantés à un dîner que M. T..., alors Inspecteur, aujourd'hui Directeur de l'Enregistrement, avait offert à quelques intimes amis, au
nombre desquels il avait bien voulu me comprendre.

Si l'on nous dit que la bonté
S'est transformée en égoïsme ;
Que le bon ton, l'aménité,
Ne sont plus qu'un anachronisme,
Si l'on nous dit : — courage, honneur,
Tout a déserté cette terre,
Nous répondrons avec bonheur :
— Nous possédons un Inspecteur
Qui sait nous prouver le contraire.

Amis, dans ce siècle à rebours
Où le vice a l'apothéose,
Où l'imposture, tous les jours,
Bave son fiel sur toute chose,
Si l'on nous dit : — C'est une erreur
De croire à l'amitié sincère,
Nous répondrons avec bonheur :
— Nous possédons un Inspecteur
Qui sait nous prouver le contraire.

Pour nous faire aimer le destin,
Il suffit qu'une âme d'élite,
Comme un phare sur le chemin,
Jette sa lumière subite.
Si les jaloux disent en chœur :
— Point de phare qui nous éclaire,—
Nous répondrons avec bonheur :
— Nous possédons un Inspecteur
Qui sait nous prouver le contraire.

Laissons à leurs dénigrements
L'inclémence et la basse envie :
Il est de nobles sentiments,

L'humanité s'en glorifie.

Qu'importe qu'un siècle railleur

Dise : — Ici-bas, tout est chimère,

Hors les mauvais instincts du cœur, —

En conservant notre Inspecteur,

Nous saurons toujours le contraire.

TABLE DES MATIÈRES

www.ingramcontent.com/pod-product-compliance
Lightning Source LLC
Chambersburg PA
CBHW061427030726
47503CB00005B/1323